CHASSÉS
-
CROISÉS

Damien Khérès

CHASSÉS
-
CROISÉS

Nouvelles

Éditions BOD

© 2011 Damien Khérès
Edition : Books on Demand GmbH
12/14 rond-point des Champs Elysées
75008 Paris, France.
Dépôt légal : décembre 2011
ISBN : 978-2-810-62348-8

"On ne peut découvrir de nouvelles terres sans consentir à perdre de vue le rivage pendant une longue période."

André Gide

Sommaire

L'ascension 11
Les signes 19
Une odeur tenace 31
Sur la route 47
Chassés-croisés 53
Pourquoi je n'aime pas les Etats-Unis 69
Le mystère de la chambre froide 87
Le musicien 95
L'éclaireur 99
Secrets 111

L'ascension

En levant les yeux au ciel, il fut agréablement surpris de n'apercevoir aucun nuage. Le ciel était incroyablement bleu, baigné d'une luminosité intense, digne d'une chaude après-midi d'été. Autour de lui, des montages s'étiraient à perte de vue où serpentaient par endroit des ruisseaux apaisants qui brisaient le silence dans de légers clapotis. Il se trouvait face à une paroi rocheuse qui semblait s'élever à une centaine de mètres en perçant les cieux comme un gratte-ciel imposant et menaçant à la fois.

Il plongea ses mains bandées dans un sac à magnésie et essuya la sueur de son front une dernière fois avant d'affronter son adversaire de grès. Aucune appréhension, aucune crainte, ni aucun doute ne semblait l'atteindre. Il avança sereinement pour se planter au pied du monstre de pierre et disposa ses mains sur la paroi en prenant une profonde inspiration à la manière d'un boxeur en pleine concentration juste avant son combat.

Deux secondes plus tard, il avait déjà parcouru verticalement une dizaine de mètres. Sans aucun matériel, il grimpait à mains nues avec une rapidité déconcertante et une aisance remarquable. Ses membres supérieurs et inférieurs se déplaçaient machinalement dans une cadence impressionnante. Chacun de ses mouvements faisait corps avec la surface et son corps tout entier paraissait avoir épousé la surface. À cet instant, il n'aurait pas pu décrire le sentiment de puissance et la jouissance extrême qu'il éprouvait. Il était dans son élément, la vie au bout des doigts. Sa maitrise lui permettait d'apprécier le paysage tout en continuant son ascension. En jetant des regards tantôt vers sa droite, tantôt vers sa gauche, en fonction de sa position, il aperçut successivement l'agitation d'une ville lointaine, la maison de ses parents, une piste de ski qu'un petit garçon dévalait, une église d'où sortait un couple juste marié sous les applaudissements des convives, et plus haut dans le ciel, des vautours tournoyant dans un cri strident et régulier....

Bip...Bip...Bip...Bip...

D'un geste mécanique il écrasa son réveil qui indiquait 6:30. Il lui fallut une bonne minute pour reprendre ses esprits, une minute pendant laquelle s'évanouissait son rêve pour laisser place à la réalité des quatre murs de sa chambre à coucher.

Ce jour-là, mardi 12 octobre, à 13h52 il sortit d'un déjeuner d'affaire avec un client potentiel qu'il avait fallu amadouer dans un grand restaurant de l'ouest parisien, situé au 3 de la rue Vernet.
Après 2154 calories, 1,61 g d'alcool dans le sang et beaucoup de persuasion, le futur client indécis avait fini par signer un contrat juteux de 1,34 million d'euros.
Il marchait à présent dans la rue Balzac pour aller récupérer sa voiture située à 53 m de là, garée juste devant le numéro 15 de la rue Chateaubriand. Le regard droit devant, il jubilait de cette réussite professionnelle et échafaudait déjà de nouveaux plans d'investissement.
Perdu dans les alcôves de ses pensées affûtées à élaborer de nouveaux projets, son attention s'interrompit soudainement et ses yeux plongèrent dans la vitrine d'un magasin de sport au 29 de la rue Balzac. Celui-ci présentait, au milieu d'articles allant du débardeur au

L'ascension

jogging en passant par la raquette de tennis et les ballons de football, des chaussons d'escalade. De simples chaussons d'escalade à première vue, mais ce n'était pas n'importe quels chaussons d'escalade. C'était ceux qu'il portait dans son rêve. Même marque, même couleur, même forme. Dans son rêve, cela n'avait été qu'un détail mais il l'avait bel et bien enregistré au point de s'en souvenir et d'en être catégorique, c'était bien la même paire de chaussons qu'il avait devant lui.

Il se rappelait alors l'émotion qu'il avait ressentie la nuit dernière, les sensations presque réelles au-delà de son imagination et l'euphorie palpable de la situation. Un immense plaisir avait inondé son être et il avait cru enfin pouvoir toucher du doigt le bonheur suprême, la plénitude absolue. Il avait jadis pratiqué beaucoup l'escalade mais avait peu à peu mis de côté sa passion faute de temps et à son grand regret. Son job lui prenait désormais la majorité de ses occupations et il n'était plus en mesure de consacrer ne serait-ce qu'une minute à un loisir et à sa passion en l'occurrence. Son planning professionnel ne lui permettait pas de dégager assez de temps pour une quelconque détente. Il avait toujours été quelqu'un d'ambitieux, qui avait su mettre toutes les chances de son côté en travaillant d'arrache-pied et à présent il payait le prix de son appétit carriériste. Il n'avait pas eu de grand diplôme mais il était doté d'une volonté de fer, d'une détermination à toute épreuve et d'un charisme qui lui avaient permis de gravir les échelons de sa société.

De parents divorcés, il avait vécu avec sa mère qui faisait de son mieux pour l'élever malgré son petit salaire. Elle était caissière dans une grande marque de supermarché qui payait ses employés au lance-pierre sans jamais les augmenter, en dépit des nombreuses années d'ancienneté. Pour venir en aide à sa mère et tâcher d'améliorer les revenus du foyer, il avait rapidement cherché du travail après son bac. Il avait déjà de grandes aspirations et n'aurait pas pu se contenter de petits jobs qu'il considérait ingrats. Il fallait qu'il vise plus haut. Une grande société avec des perspectives d'évolution. Afin de se faire embaucher, il falsifia son cv en s'attribuant des diplômes et des expériences dans le domaine. Une fois intégré dans l'entreprise, il avait fait ses preuves rapidement et n'avait pas eu besoin de justifier les lignes ajoutées à son cv.

C'est à cette époque qu'il avait commencé à se passionner pour l'escalade. Il avait d'abord accompagné un collègue de bureau dans un complexe sportif pour une initiation sur un mur artificiel. Il revenait ensuite régulièrement évoluant sur des parcours de difficultés croissantes, dès qu'il avait un créneau de libre, puis plusieurs fois par semaine jusqu'à ce que cela devienne obsessionnel. Le mur d'initiation ne lui suffisait plus, il avait alors décidé de s'attaquer à de nouveaux défis, toujours plus périlleux et diablement exaltants. Il passait désormais ses week-ends et toutes ses vacances dans les secteurs d'escalade les plus réputés. Parallèlement, il poursuivait son ascension hiérarchique qui finit par étouffer ses élans passionnels et mit fin progressivement à ses escapades.

Là, devant cette vitrine de magasin, sa relation avec l'escalade lui revint en mémoire. Il avait accordé beaucoup d'ardeur, d'énergie et de sueur à ce sport qui avait été pourtant vital à une période de sa vie. Il trouva subitement dommage d'avoir délibérément choisi de ne plus consacrer une seule minute à ce qu'il avait longtemps considéré comme une évasion indispensable, une bouffée d'oxygène dans un monde sans cesse en mouvement.

Sans hésiter, il entra dans la boutique et s'offrit cette fameuse paire de chaussons rêvée dont il était sûr qu'il en ferait bon usage. Il ressortit de la boutique comblé avec en sa possession une paire de marque « Grimper » au prix de 74,90 euros, de référence 3CH286789, tige en cuir non doublée avec languette rembourrée pour le confort, renforts internes pour le soutien du pied, semelle hyper adhérente et inerte à l'allongement pour plus de précision, d'un poids moyen de 510 grammes.

Le week-end suivant, il avait ressorti tout son matériel : cordes, mousquetons, coinceurs, sangles, marteau, clous qu'il avait soigneusement conservés dans une pièce qui faisait davantage office de musée depuis qu'il avait abandonné l'idée de grimper. Après avoir annulé une douzaine de rendez-vous, au grand étonnement de sa secrétaire personnel, il prit la route en direction de la Hottée du Diable, un site de l'Aisne constitué d'un énorme chaos gréseux inséré dans un écrin boisé. Sur la route, l'excitation montait progressivement témoignant ainsi de son impatience à renouer avec un amour trop longtemps relayé au titre d'un loisir inutile et qu'il avait jugé, malgré lui, incompatible avec ses nouvelles responsabilités de dirigeant.

Lors de l'ascension, alors qu'il était agrippé à une prise de sa main gauche située au dessus de sa tête, le bras gauche replié, son bras droit tendu tachait d'équilibrer son corps en saisissant de l'autre côté une aspérité de la roche du bout des doigts. Jambe tendue, son pied gauche reposait sur un creux dans la paroi lui évitant ainsi d'utiliser une prise. De sa jambe droite, il chercha à remonter son pied, pliant le genou et parvint après plusieurs tentatives à trouver une surface stable. Prenant alors appui sur cette jambe, il chercha à remonter son bras gauche pour atteindre la prise suivante. Cependant, il sentit que son pied droit perdait progressivement de l'adhérence. Posé sur la paroi, son chausson droit subissait la force exercée par le poids du corps combinée à la force de torsion utilisée pour se maintenir en équilibre. La semelle assemblée au chausson en polyuréthane se déformait sous la pression et les points de colle sur la semelle finirent par se déchirer.

Crac.

Sans plus d'appui, sa jambe fut rejetée dans le vide et son pied ne trouvant plus de surface, sa main gauche explora à tâtons la paroi à la recherche de la prise suivante.

En vain.

Pris de surprise par ce soudain déséquilibre, sa tête heurta violemment la roche tandis qu'il essayât d'apercevoir ce qui avait lâché. Légèrement assommé, il redoubla d'effort pour tenter de se rattraper mais n'eut pas les forces nécessaires pour se cramponner suffisamment.

Dans un élan de lucidité qui ne dura qu'un dixième de seconde, ses mains s'efforcèrent d'atteindre une prise plus basse afin de retrouver l'équilibrer et parvinrent in extremis à en attraper une du bout des doigts.

De justesse.

Encore paniqué, et alors que sa jambe droite brassait l'air dans des mouvements désorganisés, il la ramena instinctivement vers la paroi mais glissa à nouveau entrainant ainsi sa chute quelques mètres plus bas.

Sa mort accidentelle fut dévoilée à la page 12 du journal local, dans la rubrique des faits divers, juste en-dessous d'une brève énonçant les malheurs d'un enfant attaqué par un chien sur une route départementale alors qu'il était à vélo et au-dessus de l'annonce d'une tombola organisée le samedi suivant dans la salle des fêtes d'un village voisin.

Pourtant, en parcourant le journal, à quelques pages de là, on pouvait lire ceci :

L'ascension

« *Avis aux détenteurs de chaussons d'escalade de marque Grimper. Les chaussons récemment mises sur le marché dont la référence est comprise entre 3CH285350 et 3CH28890 présentent un défaut de fabrication au niveau de la semelle. La société Grimper s'engage à retirer les chaussures défectueuses et à rembourser les utilisateurs.* »

Bien entendu, personne n'avait fait le lien avec sa triste disparition.

Dans la seconde le séparant du sol, juste avant de succomber à l'impact de sa chute, ses dernières pensées étaient allées vers son rêve fait quelques jours plus tôt. De nombreuses interrogations avaient envahi son esprit jusqu'à submerger ses derniers instants d'une douleur indicible teintée d'injustice. Etait-ce là son destin ? Pourquoi devait-il mourir maintenant et ainsi ? Pourquoi les limbes du sommeil lui avaient-ils susurré une image le menant à sa perte ? Pourquoi… ? Pourquoi… ?

Et puis, plus rien. Tout était devenu noir, vide.

Il mourut ainsi sans savoir.

Sans savoir que si la nuit de ce fameux songe il avait réglé son réveil un peu plus tard, si seulement il avait choisi de dormir un peu plus ce matin-là, alors il aurait assisté à la suite du rêve, sans être interrompu.

Suite dans laquelle son chausson droit s'abimait et provoquait sa chute, l'avertissant du danger…

Les signes

Voilà, je voudrais vous faire part d'évènements très particuliers qui se sont produits à une certaine période de ma vie. Je qualifierai d'ailleurs ces évènements d'extraordinaires, comme des cailloux blancs jetés sur mon chemin afin de me guider. Des signes qui, à mes yeux, révèlent l'existence d'une énergie, d'une lumière qui nous conduit irrémédiablement vers notre destin. Une force qui nous pousse malgré nous à suivre les traces de la providence.
Bon maintenant vous aimeriez savoir ce qui m'est réellement arrivé j'imagine, donc je commence.

Avant toute chose, je crois qu'il serait bon de vous expliquer un peu le contexte, de vous exposer la situation dans laquelle je me trouvais lorsque tout cela a débuté.

Je sortais péniblement d'une relation amoureuse qui avait duré une bonne dizaine d'années et pendant laquelle je m'étais laissé porter par le courant ronflant du quotidien. Tout a basculé le jour où mon épouse m'a avoué qu'elle entretenait une relation intime avec un autre homme et qu'elle ne supportait plus la vie qui était devenue la nôtre, après toutes ces années de cohabitation. Sur notre amour elle ne supportait plus l'usure du temps tandis qu'à l'usure je supportais le temps de l'amour. Elle voulait à nouveau se sentir vivante, se sentir aimée, se sentir forte et désormais je n'étais plus capable de lui apporter ce qu'elle attendait. Quelqu'un d'autre s'en était chargé. Je n'ai jamais rencontré cet autre, ce bienfaiteur qui lui avait soi-disant redonné vie aussi soudainement que le ciel redevient bleu après une averse tropicale.

Rien ne pouvait plus être comme avant.

Sur le coup, j'ai été complètement sonné. Je ne l'avais pas vu venir. Aucunes prémices, aucuns signes d'une quelconque détérioration du couple. Enfin d'après mon point de vue bien entendu, puisqu'il est évident que je ne m'étais rendu compte de rien. Quoiqu'il en soit, je n'ai pas eu l'occasion de sauver ce qu'il restait de notre amour. S'il en restait…

Elle avait pris une décision définitive et irréversible.

J'aurais probablement essayé de la récupérer en me précipitant chez sa mère où elle se serait réfugiée, je l'aurais supplié en lui promettant de changer, je l'aurais emmené loin pour qu'on se retrouve et qu'on affronte ensemble la situation. J'aurais sûrement pu trouver quelque chose, si j'en avais eu l'occasion. Au lieu de ça, elle est partie vivre avec son sauveur en ne me donnant plus aucune nouvelle, me laissant seul avec mes regrets.

C'était peut-être mieux comme ça.

Suite à cela, j'avoue avoir fait une petite dépression…

Lorsque je suis finalement sorti de ma torpeur, ma décision fut de changer de vie, de changer d'environnement.

De tout recommencer.

Ailleurs.

J'ai alors quitté la capitale pour le sud de la France, retrouver un peu de soleil, un peu de bonne humeur et de sourires, un peu d'humanité en somme. J'étais venu dans cette région alors que je n'étais encore qu'un enfant mais celle-ci m'avait enchanté et j'avais gardé cela à l'esprit en me disant « Un jour, je viendrai vivre ici ».

Et c'était chose faite.

Les signes

J'avais dégoté la location d'un petit pied-à-terre très agréable dans l'arrière-pays vallonné et diablement séduisant. Un petit havre de paix. Il fallait maintenant que je m'attelle à chercher un emploi. J'avais quelques économies qui me permettaient de tenir quelque temps mais elles commençaient sévèrement à s'amenuiser. Je ne voulais pas reprendre ma carrière là où je l'avais laissé à Paris, je ne voulais d'ailleurs plus de ce boulot qui m'avait aveuglé au point de ne plus voir l'essentiel. Moi aussi je voulais vivre désormais. J'avais aussi droit au bonheur et cela passait par refaire ma vie.

Voilà le contexte.

Tout a démarré à partir de ce moment précis dans ma vie.

Dans les premières semaines qui ont suivi mon déménagement, je me suis mis à lire pas mal de livres sur le bonheur et sur les moyens de l'atteindre, des ouvrages philosophiques sur la recherche de la plénitude. J'ai fini par comprendre que beaucoup de choses dans la vie sont liées à d'autres et que rien n'arrive par hasard. Tout ce qui se produit n'est en réalité qu'une conséquence directe ou indirecte d'évènements, une combinaison du destin et de la volonté.

Je ne sais pas si ces lectures m'ont ouvert les yeux ou éveillé mon esprit mais depuis que je porte une attention toute particulière aux éléments de mon environnement et à tout ce qui se passe dans mon entourage, je réalise à quel point « être conscient » est important. En fin de compte, Jean-Claude Van Damme n'était pas si ridicule lorsqu'il affirmait que chacun devrait « être aware ». Le plus important est de savoir interpréter tous les signes qui jalonnent notre existence et de savoir les déchiffrer afin de les utiliser au mieux.

Les signes

Toutes ces lectures m'ont amené à réfléchir sur moi et sur ma propre existence. J'avais besoin de me recentrer.

Alors un jour, je suis parti me balader au bord d'un fleuve à quelques kilomètres de chez moi. Assis sur un banc, j'observais tout en méditant sur tout ce qui venait de m'arriver dernièrement, ma rupture, ma fuite, mon changement de vie. Et là, une péniche passa devant mes yeux. Elle avait un nom inscrit sur sa proue : « Arc en Ciel ». Si on connait bien toute sa signification, il annonce la fin des pluies et de la grisaille et donc le renouveau.

Par trois fois j'ai eu ce présage, en l'espace de quelques jours. Une fois après une journée pluvieuse et les deux autres fois, ce fut cette péniche. Peut-être n'était-ce qu'une coïncidence. Dans le doute, il suffit d'avoir l'esprit éveillé et d'être attentif sur ce qui nous entoure, pour percevoir ne serait-ce qu'un infime présage qui pourtant, dans d'autres circonstances, nous aurait paru insignifiant. Au fond de moi, je savais que cet « Arc en Ciel » était là pour me délivrer son message.

Mais les signes ne se sont pas arrêtés là.

Un jour que je marchais dans la campagne avoisinante, j'ai levé les yeux vers le ciel. Le ciel d'un bleu pur et dégagé était d'un seul coup devenu sombre et menaçant. Les nuages déchiquetés paraissaient gonflés d'humidité, prêts à vomir des pluies torrentielles. Ils voguaient subrepticement, poussés par le vent qui venait de se lever. Certains se rapprochèrent en un conglomérat laiteux et dessinèrent alors une forme tout à fait remarquable : un bateau.

Un bateau qui me rappela étrangement un dessin.

Et un sourire vint s'accrocher à mon visage en souvenir d'une période agréable de mon enfance qui surgit alors dans mon esprit.

Les signes

J'avais grandi dans un village provençal, coincé entre les montagnes et la mer Méditerranée. Je vivais avec mes parents et mes deux frères dans une bastide modeste au beau milieu d'une exploitation agricole que tenait mon père. Très tôt, j'avais manifesté un goût prononcé pour le dessin.

Parfois, ma mère m'installait une table au milieu du jardin, face aux paysages vallonnés et je pouvais rester là des journées entières à griffonner sur mon cahier, avec pour inspiration le cadre magnifique de ce bureau provisoire et l'imagination débordante que peut avoir un enfant à cet âge-là.

J'avais commencé par recopier toutes les images qui me passaient entre les mains. D'abord, des couvertures de bandes-dessinées, les personnages sur les paquets de céréales, des jaquettes de cassettes vidéos. Puis, des sujets plus « réels » : des voitures, des paysages, des bâtiments, en intégrant peu à peu la perspective. Mes parents, très fiers, placardaient les murs de mes œuvres et en avaient d'ailleurs encadraient certaines qu'ils s'empressaient de montrer à tous ceux qui foulaient le sol de notre demeure familiale. Ma mère avait même été jusqu'à m'inscrire à un concours régional de dessin ouvert aux enfants. Le thème avait été de représenter une vision de la mer, notre vision personnelle. Les résultats du concours firent exploser de joie ma famille et me propulsèrent en jeune artiste prometteur du village puisqu'on me décerna le premier prix. Mon dessin évoquait la puissance et la dangerosité de la mer dans une scène représentant des flots déchaînés où, en premier plan, un bateau semblait lutter pour ne pas sombrer.

Un bateau dont la forme ressemblait en tout point à celle qui était apparue dans les nuages, au-dessus de ma tête.
Comme un signe céleste.

Les émotions rejaillirent en repensant à ce concours, puis à ces années de bonheur entouré de ma famille et imprégné d'une passion sans borne pour le dessin qui m'avait apporté de la reconnaissance et avait suscité de l'admiration. Je me sentais un peu nostalgique, nostalgique de cette époque, de ces moments passés à recréer le monde sur papier. Je me souvenais que j'avais moi-même décidé de ne pas orienter ma vie professionnelle dans la voie du dessin. C'était un choix qui me semblait judicieux, surtout pour atteindre un certain confort de vie que ne pouvait offrir une carrière de dessinateur intermittent.

Le choix du confort matériel contre celui du confort de l'esprit.

Voilà ce qu'il me manquait à présent : pouvoir faire de ma vie ce qu'il me plaisait de faire et de m'en donner les moyens, suivre mes désirs profonds et ne pas les refouler, afin de m'épanouir et surtout pour ne pas avoir de regret. Le bateau s'était révélé être le symbole de cette prise de conscience.

C'est ainsi que je me suis remis à dessiner.

J'avais fini par aménager chez moi un espace dédié à mon travail artistique en abandonnant complètement l'idée de trouver un véritable emploi. Enfin pour l'instant. Toute mon énergie allait désormais dans ma nouvelle activité. En dessinant, je retrouvais les sensations de bien-être que j'avais pourtant oubliées toutes ces années et les gestes revenaient naturellement. J'étais à l'aise et rempli d'inspiration. J'avais plein d'idées et je m'essayais à différentes techniques picturales. J'avais finalement opté pour la peinture à l'huile qui permettait de donner davantage de relief et de réalisme à mes réalisations.

Je me sentais alors vraiment vivant.

La créativité ne me quittait plus et je ne quittais plus mon atelier où je produisais frénétiquement des tableaux à la chaine, en améliorant progressivement ma technique. Les tableaux s'entassaient désormais partout et conféraient à mon lieu de vie une âme de grenier de brocanteur.

Rares étaient les fois où j'étais dérangé. Alors, un jour,

Les signes

quand un livreur est venu me porter une commande que j'avais faite quelques jours plus tôt pour me réapprovisionner en matériel, je ne l'ai pas entendu tout de suite. Je suis arrivé au bout de quelques minutes, et je l'ai surpris en flagrant délit de curiosité alors qu'il regardait les toiles entreposées dans l'entrée. À ma vue, il n'a pas cherché à se dérober mais s'est contenté de me dire après m'avoir salué : « C'est vraiment bien ce que vous faites. Vous avez du talent. C'est dommage de laisser tout ça ici » en désignant l'amoncellement chaotique des peintures, presque à l'abandon. Puis, il s'était confié à moi et m'avais affirmé que son beau-frère tenait une galerie à quelques kilomètres de là et qu'il était en quête de nouveaux artistes à exposer. Il me donna sa carte en me recommandant vivement de le contacter.

Exposer…
Mes toiles à une exposition…
À vrai dire, je n'y avais pas encore pensé. Peut-être que pour l'instant je préférais considérer la peinture comme une expression très personnelle et non comme un moyen de partager ses propres visions. Je ne me sentais pas capable de dévoiler mon intimité au grand jour mais la visite de ce livreur et son intrusion dans mon univers m'avait chamboulé.
L'idée d'exposer cheminait peu à peu dans mon esprit et s'avérait être un moyen fabuleux de pouvoir vivre de sa passion. Car ma vie actuelle ne pouvait pas se prolonger indéfiniment. Tôt ou tard, je finirai par avoir des problèmes financiers et j'abandonnerai le dessin pour me consacrer à quelque chose de plus lucratif et moins enrichissant. Ce serait un retour au point de départ. Je devais profiter de l'opportunité car après tout, je n'avais rien à perdre mais plutôt tout à gagner. La rencontre avec ce livreur, à ce moment-là et de cette façon trouvait soudainement un sens. Je devais me lancer. C'était mon

heure.

J'ai contacté le beau-frère du livreur qui s'est proposé de me rendre visite pour évaluer mon travail. Une fois chez moi, il a pris le temps de regarder chacune de mes toiles, que j'avais préalablement rangées et classés par catégories. Il s'est montré très intéressé tout au long de son inspection artistique, dans un silence entrecoupé de quelques compliments jetés à mon égard.

Après de longues minutes qui m'avaient semblé des heures, il mit fin à mon impatience en m'offrant chaleureusement une place dans sa galerie et alla même jusqu'à vouloir organiser une soirée spéciale pour présenter mon travail à tous les médias et acteurs du monde artistique de la région. Selon ses dires, il ne s'attendait pas à découvrir de tels trésors.

J'ai évidemment accepté.

Le vernissage a eu lieu un vendredi soir à la galerie Pergola. Le lieu était vraiment magnifique et en voyant mes toiles accrochées à ces murs, je me souviens avoir ressenti une immense fierté et une profonde satisfaction. Je jubilais.

Une quarantaine de convives étaient présentes. Rien que pour moi. Elles étaient venues spécialement pour examiner mes toiles, que j'avais peintes dans le secret de mon humble atelier. L'idée que toutes ces personnes s'étaient déplacées dans le seul but de me rencontrer ne me déplaisait pas mais j'avais du mal à me sentir l'unique centre d'intérêt. Par manque d'habitude probablement.

La soirée avait été très éprouvante. J'avais du répondre aux questions d'une dizaine de journalistes, ressassant inlassablement les mêmes réponses. Cela m'avait amusé au départ mais j'avoue avoir trouvé l'exercice légèrement répétitif au fil des interviews. Néanmoins, je récoltais avec plaisir les éloges des invités, tantôt sur ma sensibilité, tantôt sur le réalisme que dégageaient mes coups de pinceaux.

Cette soirée fut indubitablement une véritable réussite et un formidable coup de pouce à ma carrière artistique.

Mais pas seulement.

Elle allait se révéler être également un catalyseur à mon bonheur personnel.

Sur le chemin du retour, j'emportais avec moi la saveur jouissive des critiques dithyrambiques à mon attention, le gout du succès que je tenais encore au bout de la langue. Mon esprit vagabondait dans les sphères bienveillantes de l'espoir, celui d'envisager désormais l'existence dont j'avais toujours rêvée.

Tout devenait possible.

Je m'imaginais plongé dans le cercle très fermé des peintres contemporains reconnus qui pouvaient aisément vivre de leur art. Comme l'accomplissement ultime d'un fantasme où la passion prend toute son importance et se suffit à elle-même. Je me laissais submerger par une vague d'optimisme qui inondait mes pensées dans un subit excès de confiance en moi. Les effets enivrants de la soirée se faisaient encore sentir et la tête me tournait d'un trop-plein de compliments. Lorsqu'on a toujours été dans l'ombre pour être subitement exposé aux feux des projecteurs, les yeux encore fragiles ont besoin de s'habituer à la lumière. Mais il y a ce petit laps de temps pendant lequel, encore aveugle, on ne peut rien distinguer et le changement brusque de luminosité donne l'impression d'avoir des étoiles plein les yeux. J'étais ivre d'orgueil et gonflé d'enthousiasme.

Je fus extirpé de mes pérégrinations cérébrales lorsqu'un piéton empressé me barra soudainement la route.

Il avait surgi du trottoir de gauche sans que j'y prête attention.

J'appuyai à fond sur la pédale de frein et mon véhicule s'immobilisa dans un crissement de pneu assourdissant à quelques centimètres du piéton inconscient.
Retour brutal à la réalité.
L'euphorie était retombée d'un seul coup.
La jeune fille devant mon pare-chocs, aucunement affolée par la situation, me faisait face et me fixa du regard. Elle avait été à deux doigts de se faire renverser et j'avais été à deux doigts de devenir un chauffard assassin.
La colère fit suite à la peur. Dans un réflexe primaire, je laissai échapper quelques grossièretés qui s'évanouirent dans l'habitacle de la voiture sans que la jeune fille ne puisse les entendre. Celle-ci ne prit pas la peine de s'excuser et se contenta de me sourire avant de continuer sa course vers le trottoir opposé.

Je me souviens encore aujourd'hui de son visage, de son extraordinaire sérénité malgré la situation et de son sourire malicieux. Elle portait un tee-shirt rouge vif, peut-être le détail qui avait attiré mon attention et m'avait permis de freiner assez tôt pour ne pas l'écraser. Il était affublé de l'inscription « Love » entourée d'un cœur rosé. Etrange présage quand on sait ce qu'il se passa par la suite.

Encore sous le choc d'avoir évité de peu une catastrophe, j'en voulais encore à ce tee-shirt rouge qui avait provoqué une telle frayeur que j'en tremblais encore. Je ne m'attendais pas à ce que quelques instants plus tard un fracas se produise.
Bang !
Je venais de me faire percuter à l'arrière. Nouveau choc.
Cette fois j'étais surtout inquiet pour ma voiture.
Dépité, je sortis du véhicule pour aller constater les dégâts. La conductrice inattentive était déjà sur la scène

du crime à inspecter les dommages et en imaginant sans doute le montant des réparations qu'elle aurait à s'acquitter. Elle paraissait véritablement embarrassée et totalement confuse. Elle était plutôt jolie femme à vrai dire et je ne pouvais pas vraiment lui en vouloir. J'avais pilé si fort et de façon si imprévisible qu'il était difficile de ne pas me rentrer dedans. Elle me semblait familière et mon impression s'était vite confirmée car elle me reconnut aussi. Je l'avais aperçu plus tôt à mon vernissage. Elle se perdit dans de longues excuses que j'acceptais volontiers, me donna sa carte de visite et se sauva presque aussitôt prétextant un retard à un rendez-vous important. Nous avions convenu que je l'appellerai le lendemain pour établir le constat.

Après coup, je m'amusai à me repasser en mémoire toute cette scène provoquée par l'apparition presque irréelle de la piétonne au tee-shirt annonciateur. « Love ». Un signe du destin puisque j'ai revu mon accrocheuse, nous nous sommes fréquentés jusqu'à devenir inséparables : elle était devenue la femme de ma vie. Et je n'éprouvais plus aucune amertume pour la jeune piétonne mais plutôt une certaine reconnaissance.

Pendant les années qui s'en sont suivies, ma carrière a littéralement décollé. Ma femme y était pour quelque chose puisque par son métier de journaliste et animée d'une même passion pour la peinture, elle m'a fait rencontrer de nombreuses personnes influentes et m'a insufflé l'énergie et l'inspiration nécessaire pour pouvoir continuer. Grâce à elle, je suis aujourd'hui considéré comme l'un des plus grands peintres contemporains. Mon œuvre majeure reste « Le piéton », un personnage énigmatique dont le visage souriant me rappellera sans cesse son étrange contribution à mon bonheur affectif.

C'est ainsi que s'achève mon récit, cette période de ma vie où tout n'a été que révélation, me guidant progressivement vers mon destin. Certains croiront trouver probablement une explication sensée à chacun de ses signes, allant du phénomène météorologique à la simple coïncidence. Mais après tout, peu importe ce qu'on en pense et ce qu'on en dira, car ce n'est pas le plus important. Le plus important réside dans leur interprétation et surtout ce à quoi cela m'a mené. Ce qui fait qu'aujourd'hui je suis pleinement satisfait de ce que je suis devenu et de ce que j'ai fait de ma vie.

Une odeur tenace

Février

Il posa le dernier carton au milieu de la pièce, sur une pile de caisses marquées « Salon » au feutre noir. En jetant un regard autour de lui, il prit une profonde inspiration puis souffla, soulagé d'en avoir enfin terminé. Il s'assit sur son canapé et observa l'amoncellement de sacs, de cartons, de bibelots emballés, de meubles, découragé par avance du travail qui lui restait encore à accomplir.

Comment j'ai pu entasser autant de choses ? On ne se rend jamais compte de tout ce qu'on est capable de garder. Je ne pensais pas pouvoir remplir un camion plein. Et maintenant j'ai du mal à m'imaginer que tout ce bordel va trouver sa place ici.

L'appartement était composé d'un grand salon avec cuisine américaine, d'un couloir qui desservait deux chambres et une salle de bain, et d'un balcon exposé sud-ouest qui surplombait une rue relativement calme. Il était en très bon état et aucuns travaux n'avaient été nécessaires pour emménager. L'atmosphère y était encore impersonnelle, neutre, comme un corps sans âme. Juste des cloisons, des fenêtres, un plafond et un sol jonché d'objets en tout genre.

Y'a plus qu'à ranger tout ça, décorer un peu les murs vierges et tout sera parfait. Dans quelques jours, je me sentirai vraiment chez moi.

Après quelques années dans son ancien appartement, il avait commencé à se sentir à l'étroit. Bien qu'il fût idéalement situé, en plein centre-ville, il fit le choix de s'en éloigner un peu afin de profiter de plus d'espace dans un appartement plus vaste.
Pas très original en fin de compte.
Jeune célibataire, il avait d'abord cherché à être proche de toutes les activités en accordant peu d'importance à la taille de son espace de vie. Car après tout, il était plus souvent dehors que chez lui. Puis, avec l'âge, il était devenu moins tolérant aux excentricités d'une cité en effervescence. Désormais, il supportait difficilement le bruit, les clochards qui trainaient parfois devant sa porte, les émanations des odeurs d'urine ou encore les nuisances sonores crachées par quelques énergumènes alcoolisés. Il s'était alors mis en quête de tranquillité en dénichant un logement dans un quartier paisible, loin du fourmillement de la ville.

À présent, il était pleinement satisfait de sa nouvelle acquisition. Un trois pièces « prêt à habiter » qu'il avait eu à un prix très raisonnable.

Mars

Tous les cartons avaient été déballés, les affaires rangées, les meubles placés, les appareils branchés. Il avait accroché les quelques cadres, tableaux et photos aux murs. Il avait installé des étagères, acheté du nouveau mobilier pour combler l'espace supplémentaire, suspendu les luminaires et investi les placards. Pendant des semaines, il y avait consacré une bonne partie de ses soirées et de ses week-ends.

Affalé dans son canapé, il soupira. Il s'attribuait enfin un peu de repos bien mérité. Depuis son poste d'observation, il ressentit une profonde satisfaction à la vue de son aménagement intérieur représentant l'aboutissement d'un labeur qui lui avait paru insurmontable

Ça, c'est fait. En tout cas, je suis bien content du résultat. Si je ne m'étais pas occupé de tout maintenant, je me connais, j'aurais laissé trainer et au final, je n'aurai rien fait.

Il se souvenait que dans son ancien appartement, il avait oublié des cartons dans un coin sans jamais les avoir vidés ou même évité de repeindre le mur de sa salle de bain qui s'écaillait avec l'humidité en repoussant toujours la tâche au lendemain.

Ici, il n'aurait pas à s'inquiéter avant un bon moment.

Ces dernières semaines avaient été éprouvantes. Il n'avait pas voulu prendre de congés pour l'occasion et par conséquent, les soirées qu'il avaient passées à bricoler et à ranger avaient paru très longues. Les week-ends avaient été dédiés à la prospection de matériel dans les magasins spécialisés, souvent très fréquentés et dont il en faisait désormais une aversion. Il avait du faire un écart une ou deux fois, pour aller au cinéma et au restaurant. Pas plus.

Il dégustait vraiment ce moment de détente sur son canapé où tous ses muscles se relâchèrent, ses membres se décontractèrent. Il évacuait la pression et le stress d'un déménagement suivi d'un emménagement et prenait pleinement conscience de son nouvel environnement.

Dans un demi-sommeil, il lui sembla percevoir des relents nauséabonds mais n'y prêta pas vraiment attention. Il s'abandonna à la fatigue et s'endormit presque aussitôt.

Avril

Il avait pris possession des lieux et se sentait à l'aise. Sa pendaison de crémaillère avait été un succès et tous ses amis présents s'étaient accordés à dire que l'appartement était plutôt agréable. Il avait énuméré fièrement la liste des besognes qu'il s'était imposées pour faire de cet endroit un petit nid douillet.
Puis un jour, l'odeur déplaisante s'était à nouveau faite sentir mais cette fois un peu plus forte.
Plus insistante.
À cet instant, il déjeunait sur sa table basse, installé devant une émission aussi intéressante qu'affligeante. Il avait été parcouru d'une gêne qui le fit grimacer de dégoût.
La baie vitrée de son salon était ouverte. Il avança sur le balcon et inspecta du regard les alentours. Des bruits confus de voix vinrent à ses oreilles.

Probablement un voisin qui prépare à manger sur son balcon. C'est bien d'avoir un balcon, mais l'inconvénient c'est qu'on profite de tout ce qui se passe sur les balcons d'à côté. Difficile d'y être tranquille. Alors si en plus les voisins se mettent à y griller des sardines, je ne vais pas y venir souvent.

Les jours suivants, l'odeur était revenue, subtilement, par effluve. Elle pénétrait timidement son intimité jusqu'à lui titiller les narines, comme si elle cherchait à s'introduire discrètement. Mais à chaque fois, il la sentait venir. Il avait d'abord fermé les baies vitrées et les moindres ouvertures pour éviter qu'elle ne débarque de l'extérieur. Pour ne pas avoir à supporter le fumet que dégageaient les cuissons de ses charmants voisins.

En vain.

Elle s'invitait plus régulièrement et trouvait refuge dans son appartement pour quelques instants qui suffisaient à attirer son attention et à le détourner de ses occupations en cours. Dans une moue désapprobatrice, il ouvrait désormais les fenêtres et conviait les courants d'air à exhorter l'intruse.

L'odeur s'en allait mais revenait toujours.

Il avait pris l'habitude de la présence intermittente de ce trouble olfactif et s'en accommodait. Tant qu'elle ne durait pas, tant qu'elle ne s'installait pas trop longtemps, il pouvait la tolérer.

Mai

Les beaux jours arrivaient et le soleil baignait son appartement traversant les pièces d'une douce chaleur. Il appréciait ainsi l'intense luminosité qu'il n'avait pas vraiment pu mesurer depuis son emménagement. Depuis le mois de février, le climat n'avait pas été très clément, même plutôt exécrable, sans laisser de répit à la venue de la moindre éclaircie. Le ciel avait paru constamment chargé de nuages, lourd et bas, prêt à s'affaisser sur la tête des pauvres gens.

Il avait songé pendant ces longs mois de tristesse atmosphérique migrer vers des terres plus ensoleillées.

Pourquoi rester ici sous ce temps merdique qui dure et qui ne change pas ? Y'en a vraiment marre. Pourquoi je viens d'acheter cet appartement dans cette région morose ? Et pourquoi je ne fuirais pas tout ça ?

Mais ce n'avait été qu'une autosuggestion en réaction à l'excès de grisaille.

Dès le retour du beau temps, il avait invité une poignée d'amis à profiter de son espace extérieur. Une petite table, quelques chaises et son balcon était prêt à accueillir une dizaine de personnes, en se serrant bien.

Ses convives passèrent une bonne soirée. Néanmoins, ils furent tous témoins de l'existence d'une odeur particulière qui les avait rejoints au cours du diner. Une odeur de moisi, de viande épicée qu'on aurait laissée pourrir à l'air libre. Leur hôte les avait rassurés sur la qualité de la nourriture qu'il leur servait mais s'était tout de même montré embarrassé par le phénomène.

Si tout seul il s'en était accommodé, les visiteurs n'en étaient pas moins surpris par l'arôme de cette odeur qui évoquait l'insalubrité des lieux et la négligence sanitaire du maitre de maison.

Après cette soirée, il avait commencé à s'inquiéter des « apparitions » de cette puanteur passagère. Elle se révélait être un handicap, un effet indésirable à une vie sociale à domicile.

Juin

À nouveau cette odeur.

Elle s'immisçait de plus en plus dans sa vie privée. Il la sentait tantôt en sortant de la douche, tantôt en déjeunant, parfois en regardant la télévision ou en se brossant les dents ou quelques fois encore en cuisinant ou en éteignant la lumière juste avant de se coucher.

Elle se faisait doucement envahissante.

Ce n'est pas possible, ça doit forcément venir de quelque part. Ça commence sérieusement à me gonfler.

Il se mit en quête de débusquer l'origine de ce trouble.

Il inspecta d'abord les toilettes et crut bon de faire

venir un plombier. Parfois, les canalisations accumulent des résidus de toutes sortes qui, en putréfaction, peuvent devenir nauséabonds avec le temps.

Le plombier sous la contrainte démonta les toilettes mais ne détecta rien de particulier. Tout fonctionnait à merveille et rien n'obstruait les tuyaux. Puis, profitant de la présence de l'expert en tuyaux, il lui demanda également à examiner les canalisations de la salle de bains ainsi que celles de la cuisine.

Rien à signaler.

Puisque les tuyaux n'étaient pas bouchés, il décida de les nettoyer en y injectant des produits désinfectants et hautement corrosifs.

Pendant les quelques jours qui suivirent, les vapeurs âcres des produits toxiques neutralisèrent les allers et venues de l'odeur intrusive. Il pensait s'en être débarrassé. Définitivement.

Mais l'odeur resurgit. Plus irritante.

Masquée par les produits d'entretien abondamment utilisés, elle semblait maintenant réagir à ces tentatives d'asphyxie qui avaient cherché à la contenir, à l'étouffer, à la garder inodore, incapable de s'exprimer.

Elle tâchait désormais de s'imposer.

Dehors, l'été approchait à grands pas. Le thermomètre ne cessait de grimper et la bonne humeur générale suivait la montée du mercure. Avec la venue de l'été, on se préparait aux vacances, aux longues journées ensoleillées et à son indissociable chaleur qui n'était pas accueillie par tout le monde avec le même enthousiasme.

Car la chaleur accentuait les odeurs au point de les rendre désagréables.

Et les mauvaises odeurs pouvaient alors devenir insupportables.

Juillet

La canicule avait inondé le pays, comme pour se rattraper du printemps détestable. Avec elle, l'exode estival avait vidé les villes et les bureaux pour concentrer les populations sur les plages et les régions côtières.

« Jamais en juillet sècheresse n'a causé la moindre tristesse » disait le dicton. Pourtant dans son appartement il n'appréciait guère cet excès de chaleur et tout ce que cela impliquait. Dans les champs, juillet était le mois où l'on affutait sa faucille pour se préparer aux moissons. Lui affutait son observation pour débusquer la cause de son problème récurrent.

Il souleva les meubles, les retourna. Il examina les placards, les étagères, la bibliothèque en passant au peigne fin tous les rayonnages. Il fouilla les tiroirs, l'armoire, la penderie. Il regarda derrière le réfrigérateur, derrière le lave-vaisselle et la machine à laver. Il inspecta minutieusement les moindres recoins à la recherche d'une substance en putréfaction, de cafards morts, d'un aliment en décomposition ou de n'importe quoi d'autre qui puisse dégager une telle odeur répugnante.

Il ne trouva rien.

L'odeur s'amplifiait et ressemblait maintenant à un morceau de viande épicée qu'on aurait laissée pourrir à l'air libre et qui aurait été grignotée peu à peu par la vermine émanant des relents de charogne.

Ce n'est tout de même pas un cadavre ?

Il se rappelait une histoire où une vieille personne était morte, seule, dans son appartement. La police avait été alertée par les voisins qui ne supportaient plus l'odeur immonde qui avait envahi tout l'immeuble et qui semblait provenir de chez la vieille dame. L'analyse de la décomposition du corps révéla que la mort avait eu lieu presque un mois auparavant.

Si quelqu'un était mort dans l'immeuble, on s'en serait déjà rendu compte, non ? Et puis je n'ai rien senti dans la cage d'escalier... Ou alors l'odeur vient peut-être de l'appartement au-dessus, traverse le plancher et s'infiltre par mon plafond...

Il parcourut tous les étages traquant la source des émanations. Dans toute la cage d'escalier, jusqu'au sixième étage et devant chaque porte de chaque étage. L'air y était sain.

Au retour dans son appartement, l'odeur s'engouffra dans ses bronches en lui enflammant le nez et en lui arrachant une grimace d'écœurement. Cela devenait insupportable. Son incompréhension face à ce phénomène inexpliqué le tourmentait.

Il se sentait impuissant.

Et en guerre contre quelque chose qui le dépassait.

Août

Ce mois-ci, il avait prévu deux semaines de vacances. Un séjour en Italie avec quelques amis. Une espèce de road-trip où ils s'arrêteraient dans les plus beaux coins, dans les plus belles villes et dormiraient le moment venu dans un camping, un hôtel ou même dans la voiture selon les options qu'ils auraient.

Ces vacances étaient l'occasion de changer d'air au sens figuré comme au sens propre. Comme une trêve à une quête vaine et démoralisante qui prenait progressivement plus de place dans son esprit. Chaque fois qu'il rentrait chez lui, il avait une appréhension, presqu'une peur de tomber nez à nez avec l'ennemi de son odorat.

Après être parti deux semaines, il redoutait d'autant

plus le moment où il allait franchir le pas de sa porte, celui de devoir affronter à nouveau une situation aux frontières de l'inconcevable.

Dès qu'il pénétra et s'engouffra dans son appartement, il fut pris de nausées. L'odeur, elle, n'avait pas pris congé et paraissait avoir profité de son absence pour occuper l'espace et imprégner chaque centimètre cube de volume.

Suite à l'inoccupation d'un logement pendant quelque temps, il était courant de percevoir une fois à l'intérieur une odeur de renfermé, les pièces n'ayant pas été suffisamment aérées. Mais rien de comparable à ce qu'il devait endurer.

La puanteur était encore là et s'était intensifiée.

Il ne voulait pas baisser les bras pour autant.

Ce n'est qu'une odeur après tout. Il y a forcément un moyen de s'en débarrasser. Je ne vais pas me laisser pourrir la vie pour ça.

D'un point de vue rationnel, cette pestilence n'était qu'une manifestation naturelle issue de la décomposition ou bien témoignait de la présence de certaines molécules indésirables. Et dans tous les cas, on pouvait logiquement s'en défaire.

Le reste de son mois d'août fut employé à un grand ménage. N'en pouvant plus, il s'était mis en tête d'éradiquer l'odeur, de la faire disparaitre, de la supprimer de son air ambiant. C'en était devenu obsessionnel. Il astiqua les sols, shampooina la moquette, lessiva les murs, récura les toilettes, nettoya et désinfecta l'intérieur du réfrigérateur, inspecta même les plinthes et les sous-plafonds. Tout fut soigneusement lavé, décapé, aseptisé. On aurait pu manger par terre en regardant briller les murs. L'appartement était aussi propre qu'une chambre stérile d'hôpital.

Propre mais fétide.

L'odeur avait été atténuée quelques jours grâce aux

produits d'entretien et s'était ensuite accentuée.
Rien ne semblait faire fuir cette satanée infection odorante qui s'apparentait plus à une malédiction qu'à un phénomène naturel.

Septembre

J'en peux plus.

Toutes ses tentatives pour éradiquer l'intruse restèrent vaines. Cela devenait invivable. Il se sentait impuissant, frustré, confus, éreinté, las. Epuisé physiquement et moralement. Il se perdait dans ses pensées nébuleuses, incapable de comprendre la logique de la situation dans laquelle il se trouvait. Il était face à un puits sans fond dont il cherchait désespérément à en découvrir le bout. Mais il s'enfonçait de plus en plus dans le noir et l'incompréhension.
  Chacun de ses gestes au quotidien était accompagné de l'odeur. Dès le lever jusqu'au coucher, elle souillait son flair et s'incrustait dans ses narines comme un parasite odorant. Quoiqu'il fasse, il la sentait. Plus aucun répit, l'odeur était permanente.
  Personne n'était plus venu chez lui depuis des mois. Il avait trop honte même s'il n'en était pas responsable. Personne ne pourrait comprendre. Lui-même avait du mal à accepter qu'on ne puisse pas simplement y mettre un terme.
  Il ne lui restait qu'un seul moyen pour ne plus avoir à supporter cette malédiction.

Je ne peux pas continuer à vivre ici, je vais devenir fou. Il faut que je parte.

Il se revoyait dans ses cartons en train d'emménager

dans cet appartement qu'il avait véritablement apprécié. Il lui semblait que c'était hier. Se sentir obligé de quitter ce logement après y avoir passé si peu de temps était pour lui un échec. Il baissait les bras et renonçait à combattre davantage l'odeur tenace.

Il mit l'appartement en vente à un prix attractif. À son grand soulagement, il fut vendu à peine une semaine plus tard à un jeune couple sans enfant qui semblait plutôt sympathique.

Comment allaient-ils survivre à leur tour à la présence de l'odeur ? Auront-ils le même sort que moi ?

À ce stade, il lui importait surtout de vendre l'appartement et de ne pas laisser trop de plumes dans l'affaire.

Puis, tout à coup, il lui vint à l'esprit une question qu'il ne s'était jamais posée.

L'ancien propriétaire avait-il du supporter ce calvaire aussi ?

Il s'en voulut de n'avoir pas cherché cette réponse plus tôt.

Après investigations, il découvrit que l'ancien propriétaire était un vieux monsieur de plus de soixante dix ans. Il avait toujours vécu dans cet appartement et ne s'était apparemment jamais plaint d'une quelconque odeur.

Je ne trouverais donc jamais d'explication ?

La vente avait lieu trois mois plus tard, trois mois pendant lesquels il aurait encore à supporter les infâmes relents.

Trois mois avant que tout cela ne soit terminé.

Octobre

Il cherchait à rester le moins de temps possible dans son trois pièces. Il n'y venait que pour dormir. Et encore. Certaines nuits, il les passait chez des amis qui acceptaient de lui rendre service en lui offrant un sommeil profond et sans perturbation. Car l'odeur était parfois si forte qu'il lui arrivait de se réveiller au beau milieu de ses rêves, seule parenthèse à son tourment.

Dès qu'il se levait le matin, il se hâtait de se préparer et filait ensuite précipitamment au travail en s'arrêtant en chemin pour prendre son petit-déjeuner. Le soir, il tardait un peu plus au bureau avant de rejoindre un restaurant où il dînait seul, quelques fois accompagné, moment qu'il prolongeait par quelques escapades nocturnes avant de rentrer finalement chez lui pour se coucher aussitôt.

Il avait adopté un rythme qui lui permettait de ne pas avoir à affronter son échec. Celui de ne pas avoir réussi à découvrir l'origine de l'odeur, ni le moyen de s'en débarrasser.

Novembre

Plus qu'un mois.

Il ne lui restait plus qu'un mois avant son départ.

Il portait maintenant en permanence un masque au visage, un torchon humidifié qu'il s'était enroulé autour de la tête enveloppant ainsi son nez et sa bouche. Même les rares fois où il se pointait dans l'appartement, la pestilence était trop forte. Il se serait cru dans une décharge en putréfaction où les ordures auraient macérées plusieurs mois dans la pourriture, grouillant de parasites et habitées de milliers d'organismes.

Ses affaires furent rapidement emballées, remises dans les mêmes cartons utilisés neuf mois plus tôt.

Et toujours ce sentiment d'échec mêlé à l'incompréhension qu'il ne parvenait pas à mettre en boîte avec le reste de ses appartenances.

Décembre

Il quitta l'appartement sans se retourner. Il lui avait fait suffisamment de tort.

En passant la porte pour la dernière fois, il eut la sensation irréelle que l'appartement l'avait eu à l'usure, que sa présence n'avait jamais été acceptée dans ce lieu et qu'il en avait été rejeté. Comme si quelque chose l'avait poussé dehors, ce quelque chose étant au-delà de toute logique.

Que s'est-il vraiment passé ? Pourquoi en suis-je arrivé là ?

Quelques années plus tard

Il n'avait jamais su ce qui était arrivé, et n'avait jamais eu d'explication rationnelle à l'odeur persistante qui avait peu à peu envahi son appartement.

Désormais, il en parlait avec amusement et l'histoire était devenue une anecdote étrange qu'il partageait volontiers dans les diners, offrant un formidable sujet de conversation.

Jusqu'au jour où, une de ses connaissances avait enfin

cru trouver une réponse à toutes ses questions. Il avait qualifié le phénomène de fantosmie. La fantosmie pouvait être une forme d'hallucination olfactive particulière associée à un désordre sinusal, voire, dans des cas plus rares, à des troubles neurologiques ou psychiatriques. Ce qui ne semblait pas être son cas. Mais la fantosmie pouvait être également une manifestation paranormale associée à un polteirgest, une entité surnaturelle.

Il repensa alors à l'ancien propriétaire, probablement mort dans l'appartement et très entêté au point de ne pas vouloir de nouveau habitant dans son espace, même après sa mort. Cela pouvait être la raison qu'il attendait tant.

Dans sa mémoire, il se souvenait avoir ressenti une présence parfois. Il n'avait jamais fait le lien. Etait-ce là la volonté d'un homme trop attaché à sa dernière résidence pour laisser quiconque en reprendre la possession ?

Tout ceci n'était bien entendu qu'une supposition, naturellement invérifiable.

Une chose était sûre et il en était désormais convaincu, il avait bel et bien était indésirable dans cet appartement.

Sur la route

Il roulait déjà depuis plusieurs heures. La nuit était tombée et avec elle la température, amenant un peu de fraicheur. Pour rester éveillé, il avait augmenté le volume de son autoradio qui crachait à présent une musique entrainante rythmée par une batterie survoltée. Sans discontinuer, il avait parcouru plus de huit cents kilomètres. Il s'était arrêté une seule fois pendant quelques minutes pour un besoin pressant et ne s'était accordé aucun autre moment de repos. Il filait rejoindre sa fiancée à l'autre bout du pays qui trépignait probablement d'impatience en attendant sagement la venue de son cher amant.

Conducteur de travaux, il avait accepté une mission de trois mois à plus de mille kilomètres de chez lui pour travailler sur un projet de construction d'une bretelle d'autoroute. La décision avait été dure à prendre compte tenu de l'éloignement mais la mission présentait l'avantage d'être un tremplin professionnel. Trois mois de sacrifices pour son couple qui était encore aux prémices d'une relation passionnelle.

Elle, était caissière dans un petit supermarché de quartier. Lui, faisait ses courses régulièrement dans ce même supermarché. Elle, passait ses produits et faisait de grands sourires dès qu'elle l'apercevait. Lui, l'observait depuis les rayons et lui rendait volontiers ses sourires. Elle, lui faisait acheter n'importe quoi, il voulait juste la revoir. Lui, était une délicieuse parenthèse dans son boulot si ennuyeux, et elle s'impatientait à chaque fois de sa venue. Et puis, ils ont commencé à communiquer. D'abord, par quelques phrases timides et insignifiantes, puis par quelques répliques amusantes pour finir par s'inviter à sortir dans un décor plus romantique. Quelques semaines après leur premier rendez-vous amoureux, ils emménageaient ensemble.

C'était il y presque six mois et pourtant il lui semblait que c'était hier.

Pour un vendredi soir, le trafic était relativement fluide et les routes quasiment désertes. Il fendait l'obscurité avec pour seul éclairage le flux intermittent de la ligne blanche centrale. Il n'avait pas croisé une seule voiture depuis une heure, ou peut-être deux. Concentré sur son objectif et guidé par l'impatience des retrouvailles, il avait perdu quelque peu la notion du temps sur cette route infiniment droite.

La semaine qui venait de s'écouler sans elle lui avait paru trop longue à son goût. Jamais ils n'avaient été séparés l'un de l'autre aussi longtemps et l'idée que la situation allait devoir perdurer trois mois l'attrista. Cette première semaine de sa nouvelle mission avait été éprouvante car pour combler le manque de sa tendre moitié il s'était donné corps et âme à son travail, tachant d'occuper son esprit avec ses responsabilités professionnelles plutôt que ses préoccupations personnelles. Il embauchait très tôt, débauchait très tard et n'avait plus qu'à rejoindre pour la nuit sa chambre d'un hôtel croupissant en bordure d'autoroute dont l'atmosphère lui rappelait étrangement celle des motels désuets et sans charme des autoroutes américaines. Douze semaines à trimer, par de longues journées à passer entre le bureau, le chantier et l'hôtel. Sa réussite professionnelle était à ce prix. Alors dès qu'il pourrait se permettre de prendre un jour, voire deux exceptionnellement, il n'hésiterait pas à parcourir tout le pays pour quelques moments d'intimité.

Demain était son premier jour de repos depuis qu'il avait commencé et il avait décidé de ne pas le passer seul.

Sa vitesse de croisière maintenue à la limite autorisée, il n'avait plus qu'à faire en sorte que son véhicule suive la route en tenant le volant et en regardant droit devant lui. La tâche s'avérait être de plus en plus ardue à mesure qu'il s'enfonçait dans la nuit. Ses yeux se focalisaient sur la ligne blanche que le temps semblait sectionner à intervalles régulières et qui agissait comme une vision soporifique. Il luttait sans relâche pour ne pas succomber à l'appel du sommeil mais celui-ci prenait peu à peu possession de son corps sans qu'il ne puisse plus le contrôler. Il avait beau augmenter le volume de son autoradio, ses yeux se fermaient mécaniquement sous l'effet de la fatigue. Il fallait qu'il mange quelque chose, qu'il reprenne quelque force afin d'avoir l'énergie nécessaire pour arriver à destination. Puis il piqua du nez en laissant ses paupières se fermer quelques secondes.

Noir.

Aussitôt réveillé, le moment fut pris de prendre une sage décision, il s'arrêterait à la prochaine station-service pour se ravitailler. Et il en profiterait d'ailleurs pour remettre un peu de carburant.

Quelques minutes plus tard, il s'arrêta enfin à une station-service, qui ressemblait plutôt à un garage, accolée à un petit magasin d'alimentation encore ouvert à cette heure tardive, à son grand étonnement. L'ensemble, comme son hôtel, lui fit penser à un décor américain, celui que l'on voyait dans les films lorsque le héros s'arrêtait au beau milieu d'une route désertique pour un hamburger et un plein d'essence. Le plus souvent dans cet endroit, le héros avait affaire à des personnes légèrement névrosées qui agissaient bizarrement et où, tôt ou tard, la situation dégénérait.

En se garant devant la seule pompe du garage, il espérait ne pas se retrouver nez à nez avec des psychopathes. Il chercha alors à se servir de la pompe mais comme celle-ci ne fonctionnait pas, il s'avança dans le garage.

À l'intérieur, une bâche cachait un véhicule, des pièces – probablement des pièces de moteur – jonchaient le sol au milieu de clés à molette qui avaient dû être décrochés des murs où étaient soigneusement rangés des outils en tout genre, juste au-dessus d'établis salis par le cambouis.

_ Qu'est-ce que je peux faire pour vous ?

Un homme avait débarqué du fond de la pièce dès qu'il avait aperçu l'automobiliste égaré. Il portait une combinaison affublée d'écussons qui faisait penser à une tenue de pilote de course. Vu son âge, il ressemblait plutôt un ancien pilote de course à la retraite, reconverti en garagiste depuis déjà belle lurette car il avait l'air d'avoir une soixantaine d'années. De plus près, des rides creusaient son visage et conféraient à l'individu l'allure d'un sage sympathique.

_ Je cherchais juste à remettre un peu d'essence mais apparemment la pompe ne marche pas.

Le vieux pilote parut étonné par sa requête et jeta un coup d'œil sur la voiture garée à quelques mètres de là.

_ Je vais m'en occuper mais si je peux vous donner un conseil…

Il hésita un instant avant de reprendre en s'éloignant vers la voiture :

_ Vous devriez éviter la lumière et regarder devant vous.

Et il s'affaira aussitôt à remplir le réservoir d'essence.

Dans le magasin accolé au garage, il y avait maintenant une dizaine de personnes qui faisaient la queue devant l'unique caisse, alors que l'endroit paraissait désert quelques minutes plus tôt. Aucune autre voiture n'était pourtant garée sur le parking. Il se demanda d'où pouvaient bien sortir tous ces gens.

Dans la file d'attente, un couple de jeunes indiens, un vieil homme avec une très longue barbe, un adolescent boutonneux, une jeune femme aguichante, une grand-mère accompagnée d'un petit garçon et deux enfants tenant leurs parents par la main.

Tous se retournèrent lorsqu'il pénétra dans le magasin. Ils affichaient tous un regard accusateur lui faisant regretter d'être entré. Au même moment, ils s'adressèrent à lui à l'unisson dans une synchronicité parfaite :

_ RESTE DANS TA FILE !!!!

L'instant d'après, il était au volant de sa voiture lancée à plus de cent kilomètres par heure.

Lorsqu'il leva les yeux, une lumière l'aveugla.

Juste en face, les phares d'un camion se rapprochaient dangereusement. Il avait dévié de trajectoire.

D'un coup de volant, il parvint in extremis à éviter la collision. Il était revenu sur la file de droite. Le camion disparut dans son rétroviseur. Son cœur soulevait violemment sa poitrine dans une respiration saccadée.

Il venait d'échapper à une catastrophe. Il venait d'échapper à sa mort.

Sur la droite, il laissa passer un panneau annonçant « Merci pour votre visite » avant de s'arrêter sur le bas-côté.

Chassés-croisés

Mr et Mme Villaret

```
Au 47, rue Chaillot à Paris
```

_ C'est pas possible. Elle va nous mettre en retard !
Mr Villaret trépignait d'impatience en attendant l'arrivée d'Anna, la baby-sitter.
Mr et Mme Villaret avaient un rendez-vous très important à 17h précises et ne pouvaient malheureusement pas se permettre le moindre retard. Il était 16h48 et il fallait compter une dizaine de minutes pour y aller. Le temps les pressait.
Mr Villaret se saisit de son portable et composa le numéro d'Anna :
_ Où êtes-vous ? Cela fait vingt minutes qu'on vous attend ?
Anna était encore en route sur son scooter et prise dans les embouteillages de la capitale. Elle s'excusa à nouveau du désagrément causé et tenta de rassurer le père soucieux :
_ Je serai là dans cinq minutes. Ne vous inquiétez pas. J'arrive.
Anna était la baby-sitter attitrée de leur fils Théo âgé de quatre ans. Elle le gardait régulièrement depuis ses deux ans, dès que ses parents devaient s'absenter. Aujourd'hui, on lui avait demandé de venir surveiller

Théo pendant une heure ou deux, le temps nécessaire au rendez-vous de Mr et Mme Villaret.

Il était 16h49 et ces derniers ne pouvaient pas patienter plus longtemps. Théo dormait paisiblement dans sa chambre et la baby-sitter allait arriver d'un moment à l'autre. S'ils partaient tout de suite, ils ne laisseraient leur fils seul que pour quelques minutes. Et celui-ci ne s'apercevrait de rien.

_ Je vous fais confiance. Théo est en train de dormir alors nous partons tout de suite mais nous laisserons la porte ouverte.

L'immeuble était relativement bien sécurisé et ils ne redoutaient en aucun cas le moindre problème à laisser leur porte ouverte quelques instants.

Mr Villaret jugea bon de finir la conversation par quelques recommandations :

_ Il dort mais dès qu'il se réveille, pensez à lui donner un petit goûter.

Sur ces dernières paroles, Mr et Mme Villaret enfilèrent leur manteau de velours et filèrent discrètement à leur rendez-vous sans verrouiller la porte d'entrée comme convenu.

À leur retour, à 18h38, ils constatèrent avec effroi l'état de leur appartement dont la porte avait été enfoncée. Des meubles avaient été renversés, les tableaux décrochés du mur, des bibelots renversés jonchaient le sol. Pris de panique, ils se précipitèrent dans la chambre de leur fils et manquèrent de défaillir.

Théo n'y était pas.

Aucune trace de lui dans l'appartement.

Ils s'imaginaient déjà les pires scénarii impliquant leur fils dans un kidnapping, aux mains d'un pédophile notoire. Ils se représentaient mentalement la scène où leur fils se débattait et dans la lutte le criminel aurait saccagé

l'appartement. Puis, leurs pensées allèrent vers Anna. Où était-elle ? Avait-elle subi le même sort que leur pauvre enfant ? Ils essayèrent de la joindre mais sans succès. Directement sur répondeur. La peur les envahit.
Soudain, le téléphone sonna. Mr Villaret décrocha :
_ Mr Villaret, ici la police nationale.
Là, Mr Villaret envisageait le pire.
_ Oui ?
Le policier dénota une once d'inquiétude dans le ton de sa voix.
_ Mr Villaret, nous avons votre fils. Pouvez-vous venir le chercher svp ?
Intense soulagement. Leur fils était sain et sauf, hors des griffes d'un dangereux individu.

```
Au commissariat
```

Au commissariat de leur quartier, à quelques rues de leur appartement, un policier les attendait. Il leur expliqua qu'ils étaient intervenus à leur domicile suite à un appel d'un voisin leur indiquant que leur fils abandonné hurlait à la mort. Ils l'avaient donc ramené au commissariat et cherché les coordonnées de ses parents. Mr et Mme Villaret eurent quelques remontrances de la part de l'agent concernant leurs agissements irresponsables et inconscients. Ils avouèrent leur incompréhension face à la situation et s'excusèrent du dérangement que cela avait provoqué en assurant le policier que plus jamais cela ne se reproduirait.
Le flic fit venir l'enfant pour le rendre à ses parents mais n'eut pas la réaction escomptée.
_ Ce n'est pas notre fils !
Mr et Mme Villaret s'étaient étonnés de voir arriver un petit garçon qui n'était pas Théo. Après l'incompréhension, la colère prit le dessus.

_ Vous vous moquez de nous. C'est quoi cette histoire ? s'énerva Mr Villaret sous l'œil ahuri de sa femme.
_ Ce n'est pas votre fils ???
Le policier n'y comprenait rien non plus.
_ Mais à qui est-il alors ?
Á ce stade de l'histoire et sans tous les éléments, le dénouement peut paraitre déroutant et totalement absurde. Mais si les policiers avaient enquêté, voilà ce qu'ils auraient pu découvrir.

Anna

```
Nom : Anna Dantec
Profession :      Etudiante    en    droit
international    et    baby-sitter   de    Théo
Villaret
```

_ Où êtes-vous ? Cela fait vingt minutes qu'on vous attend ?

Anna était partie de chez elle un peu à la bourre et la situation faisait qu'elle ne pouvait malheureusement pas rattraper son retard. Les rues étaient complètement bouchées et même en scooter, elle avait beaucoup de mal à se faufiler dans ce dédale automobile. Elle ne voulait cependant pas affoler davantage Mr Villaret en lui avouant qu'elle ne serait là pas avant une bonne dizaine de minutes. Elle préféra se montrer rassurante.

_ Je serai là dans cinq minutes. Ne vous inquiétez pas. J'arrive.

Et puis, ce n'est pas un mensonge, ce n'est qu'une vision très optimiste de la situation pensa-t-elle. Il lui arrivait souvent d'ailleurs, lorsqu'elle était en retard à un rendez-vous, d'assurer arriver deux minutes plus tard en

affirmant se trouver proche alors qu'elle savait pertinemment qu'elle ne pouvait pas y être avant une quinzaine de minutes. Cela permettait de faire diversion et lui laissait le temps de trouver une excuse sur le chemin qu'il lui restait à parcourir.
_ Je vous fais confiance. Théo est en train de dormir alors nous partons tout de suite mais nous laisserons la porte ouverte.
Qu'à cela ne tienne. Elle serait là dans un quart d'heure au plus tard et puisque Théo dormait, son retard n'aurait pas vraiment d'incidence. Le petit monstre serait surement encore au lit lorsqu'elle entrerait enfin dans l'appartement de Mr et Mme Villaret.
Elle allait raccrocher lorsque Mr Villaret ajouta :
_ Il dort mais dès qu'il se réveille, pensez à lui donner un petit goûter.

L'encombrement des rues avait atteint son paroxysme. Les conducteurs excédés se lançaient des insultes à tort et à travers cherchant désespérément à avancer centimètre par centimètre et n'hésitaient pas à forcer le passage suivant leur propre obsession du moi-le-premier-à-tout-prix. Chacun pour soi et au diable les priorités, le but était de sortir le plus vite possible de ce marasme.
Anna quitta les grosses artères mais s'aperçut rapidement que les petites rues étaient aussi embouteillées. Elle aurait mieux fait de prendre le métro cette fois-ci. Dès que l'occasion se présentait, elle montait sur le trottoir et gagnait ainsi quelques mètres en slalomant entre les piétons et les panneaux de signalisation.
Cinq minutes, avait-elle dit. Elle avait été un peu trop optimiste sur le coup. Elle avait ainsi revu son estimation à la hausse et envisageait désormais un retard de vingt minutes.
Pourvu que Théo dorme encore.

À 17h20, après une lutte acharnée pour s'extirper du flux d'automobilistes en colère, elle n'était plus qu'à quelques rues du domicile de Mr et Mme Villaret.

Soudain, un véhicule déboula d'une ruelle sur la droite et manqua de la percuter de plein fouet.

Pour l'éviter, Anna perdit l'équilibre et son scooter alla s'encastrer dans une voiture après une glissade sur plusieurs mètres. Le choc lui fit perdre connaissance et dans sa chute son téléphone portable s'explosa au sol.

Le véhicule fou était déjà loin quand les premiers passants s'approchèrent de la victime.

L'ambulance arriva sur les lieux dans les dix minutes et transporta Anna, encore inconsciente, à l'hôpital.

Fred

```
Nom : Fred Bouscat
Profession : Sans profession
```

Fred attendait sagement près du 47 de la rue de Chaillot, dans le seizième arrondissement. Lorsque finalement un couple en manteaux de velours sortit de l'immeuble à 16h52, il en profita pour s'y engouffrer.

Il venait de franchir la porte principale mais il fallait encore franchir une deuxième porte à l'intérieur même de l'immeuble.

Il s'arma à nouveau de patience et resta planté un moment près des boites aux lettres en attendant de pouvoir passer cette deuxième porte sitôt que la chance se présenterait. Il savait qu'en cette période, beaucoup de gens étaient en vacances et que par conséquent, il devrait attendre un certain temps avant qu'une occasion ne s'offre à lui. Mais cela signifiait également que beaucoup d'appartements étaient actuellement inoccupés.

Pour en avoir le cœur net, il mit à exécution un plan qui avait déjà fait ses preuves maintes fois dans le passé. Un par un, il appela par l'interphone tous les locataires de l'immeuble. Deux possibilités, soit on lui répondait et il prétextait une erreur de destinataire, soit personne ne répondait et il rappelait plusieurs fois afin d'être totalement sûr. Ceux pour lesquels il n'avait eu aucune réponse, il notait scrupuleusement leur nom sur son carnet. Face à ces noms, il pouvait parfois y associer directement leur situation dans l'immeuble, à savoir l'étage et la direction, lorsque ces indications étaient inscrites sur la boite aux lettres. Sinon, il se fierait au nom sur la sonnette. Après investigation, il déterminait ainsi les cibles potentielles. Puis, il n'avait plus qu'à en choisir une parmi le lot, de préférence dans l'étage le moins élevé afin de pouvoir fuir plus rapidement par la suite.

A 17h06, l'occasion de pénétrer par la deuxième porte se présenta enfin. Arrivé sur le seuil de l'appartement n°21 au deuxième étage, porte de droite, il vérifia le nom : « Mr et Mme Villaret » et sonna.

Personne.

La voie était bel et bien libre.

Il n'eut pas besoin de se servir de son matériel car il constata avec stupeur que la porte avait été laissée ouverte, ce qui lui facilitait grandement la tâche.

Quelle aubaine.

Dans l'appartement, il fit une rapide tour du propriétaire en jetant un coup d'œil dans chacune des pièces avant de se mettre au travail. Il fouilla d'abord les coins stratégiques comme les tiroirs des commodes et des bureaux, le coffre à bijoux généralement bien en vue dans la chambre parentale. Puis, il inspecta derrière les tableaux et à l'intérieur des placards, jugea de la qualité des bibelots en jetant au sol ceux qui n'avaient aucune valeur et en remplissant son sac avec les autres. En général, on dit qu'un cambriolage ne dure guère plus de dix minutes.

C'était le temps nécessaire qu'il fallait à Fred pour ne pas être repéré tout en étant capable de fouiner suffisamment dans les lieux.

Une fois sa besogne accomplie et sa besace remplie, il se précipita hors de l'appartement, hors de l'immeuble et se jeta dans sa voiture. Il démarra en trombe, tourna dans la première rue à gauche et faillit percuter un scooter.

Dans son rétroviseur, il vit le scooter tomber et s'écraser violemment contre une voiture.

Il ne pouvait pas prendre le risque de s'arrêter, il fallait qu'il s'éloigne rapidement.

Alors, il continua sa fuite.

Théo

```
Nom : Théo Villaret
Profession : -
```

Théo entendit la porte se refermer derrière ses parents et se réveilla aussitôt. Il sentait que quelque chose n'allait pas. Il pleurnicha un instant mais personne ne vint le réconforter. Ni ses parents, ni la baby-sitter qui était censé être présente, d'après ce que ses parents lui avaient annoncé plus tôt.

Il se leva et ne vit personne.

Tout à coup, un sentiment d'abandon s'empara de tout son être et les sanglots montèrent rapidement. Il pleura de toute son âme afin que ses parents reviennent ou que sa baby-sitter Ana l'entende.

Mais ses parents ne reviendraient pas avant une bonne heure et Anna n'était pas là. Alors ses pleurs s'amplifièrent.

Il hurla pendant ce qu'il lui avait semblé être une éternité. Il n'avait même pas entendu les sonneries de l'interphone. Au bout d'un moment, il s'apaisa et mit définitivement fin à ses pleurs lorsqu'il entendit la sonnette de la porte d'entrée retentir.

Quelqu'un allait enfin venir le consoler.

L'enfant se rua dans sa chambre et se remit au lit. Petit farceur qu'il était et soulagé de la venue de la baby-sitter, il s'était mis en tête de faire semblant de dormir pour mieux l'effrayer dès que celle-ci s'approcherait de lui. C'était une plaisanterie qu'il adorait.

Lorsque sa porte s'entrouvrit, Théo se tint prêt à accomplir son espièglerie mais n'eut pas le temps de la mettre à exécution, la porte se referma aussitôt. S'ensuivit un vacarme dans la pièce à côté qui le laissa interrogatif sans l'inquiéter.

Ensuite, juste le bruit de la porte d'entrée.

Qui se ferma, à nouveau.

Et puis plus rien.

Quelqu'un était venu puis reparti ? Théo se demandait ce qu'il pouvait bien se passer. Il se leva, pour la seconde fois, et ouvrit la porte d'entrée qu'il laissa entrouverte. Peut-être apercevrait-il Anna qui venait de sortir ? Il descendit les escaliers espérant pouvoir la rattraper. Il croisa un gamin qui remontait en courant mais ne vit pas la baby-sitter, ni ses parents d'ailleurs. Déçu, il décida de remonter pour rentrer chez lui et attendre que quelqu'un daigne se montrer. En espérant que ce ne soit pas trop long.

Arrivé devant la porte, celle-ci était fermée alors qu'il était sûr de l'avoir laissée entrouverte. Quand il voulut entrer, il fut terrorisé de découvrir que l'accès était verrouillé. Il venait pourtant d'en sortir.

On lui jouait des tours, mais il ne trouvait pas cela très drôle. Pourquoi était-on si cruel avec lui ?

Il erra un moment dans les escaliers en pleurant à chaudes larmes pour finir par s'asseoir sur une marche avec sa tristesse lui coulant sur le visage.

    Heureusement, il rencontra une gentille dame qui le consola et l'accueillit dans un autre appartement, beaucoup moins joli que le sien, certes, mais il pouvait très bien s'en accommoder.

Claire et Tristan

```
Nom : Claire Chéret et son fils Tristan
Profession : mère au foyer
```

    Claire et son fils arrivèrent à destination, au 47 de la rue de Chaillot. Ils venaient rendre visite à la mère de Claire qui vivait seule depuis plusieurs années déjà. Ils lui apportaient ainsi un peu de réconfort et lui offraient l'occasion de partager quelques moments en famille, même si la grand-mère n'était pas vraiment démonstrative. La solitude accompagnée d'un inéluctable affaiblissement lié au vieillissement l'avaient rendue aigrie et très peu tolérante. Elle ne supportait pas que son petit-fils s'agite et ne reste pas en place lorsqu'ils se voyaient. Elle trouvait cela désagréable et terriblement fatigant. Difficile pour un petit garçon de six ans de ne pas bouger pendant plusieurs heures. À son époque, les enfants savaient se tenir et étaient mieux éduqués. Pour Claire, les remarques de sa mère pouvaient encore passer, elle mettait cela sur le compte de son âge avancé et la plupart du temps elle n'écoutait pas ses sarcasmes. Tristan, lui, avait un peu plus de mal. Il n'aimait pas beaucoup sa grand-mère et il s'embêtait chez elle. En plus, ça sentait mauvais chez elle et c'était moche et triste. Pendant le trajet, il avait d'ailleurs fait une crise à sa mère qui avait du le trainer jusqu'à leur arrivée. Chaque fois, cette visite était un calvaire.

_ Bon Tristan, ça suffit.
Claire tentait de composer le code sur le digicode de la porte de l'immeuble mais Tristan qu'elle tenait par la main se débattait de toutes ses forces.
_ Tristan, STOP !
Tristan fit la moue et se calma un instant. Elle parvint à ouvrir la porte et tout en entrant elle s'adressa à son fils :
_ Calme-toi Tristan. On ne vient pas souvent voir Mamie alors fais un effort s'il te plait. Tu veux bien ?
_ Non ! Veux pas. C'est nul chez Mamie.
Tristan lui tirait le bras alors que sa mère sonnait à l'interphone.
_ Chut, fit Claire en fronçant les sourcils en direction de son fils.
Elle chercha à éviter que sa mère n'entende les lamentations enfantines et enchaîna :
_ Oui, c'est nous, tu nous ouvres s'il te plait ?
Aussitôt la porte franchie, Claire insista à nouveau pour que Tristan reste calme et ne lui fasse pas honte.
_ NON ! Je veux pas y aller, cria le gamin excédé.
Il lâcha alors la main de sa mère et se mit à courir dans les escaliers de l'immeuble, grimpant aussi vite que possible. Il manqua même de bousculer un autre jeune garçon qu'il croisa pendant son ascension. Il cherchait à échapper à tout prix au supplice de la méchante grand-mère.
Claire, surprise, se lança à sa poursuite mais chuta sur une marche.
Tristan savait que sa mère l'atteindrait bientôt. Il ne l'avait pas vu tomber.
Arrivé au deuxième étage, il aperçut une porte entrouverte. Sans hésiter, il précipita se réfugier à l'intérieur de l'appartement et tourna le verrou pour s'enfermer.
Ouf.

Ici, il serait en sécurité. Sa mère n'avait qu'à aller seule voir sa Mamie. Il attendrait tranquillement ici.

La mère irritée parcourut tous les étages de l'immeuble à la recherche de son intrépide garçon.

En vain.

Elle cria son nom plusieurs fois mais personne ne répondit.

Prise de panique, elle parcourut à nouveau tous les étages.

Sans succès.

Tristan ne pouvait pas avoir disparu.

Et que faisait ce petit garçon assis sur les marches à pleurnicher ? La situation était décidemment très étrange.

Elle frappa aux portes, au cas où son bambin se serait invité chez l'un des locataires, ce qui était tout de même invraisemblable.

Toujours pas de traces de Tristan.

Il fallait qu'elle fasse quelque chose, et vite. Tristan était peut-être entre de mauvaises mains. Quel sage gosse ! Tout ce cirque pour ne pas voir sa grand-mère.

Et ce pauvre petit garçon qui pleurait plus fort encore. Elle ne pouvait pas le laisser là.

Claire entra chez sa mère accompagnée du petit garçon en pleurs au grand étonnement de la vieille dame. Celle-ci était ravie que sa fille ait enfin pu échanger son fils mais se demandait en fin de compte s'il valait mieux un pleurnichard qu'un hyperactif. Claire ne prêta pas attention à ses réflexions désagréables et ne prit même pas la peine de lui expliquer la situation. Elle se contenta de déposer le gamin qui n'était pas le sien dans le salon et se saisit immédiatement du téléphone.

La police arriverait dans l'immeuble d'ici une dizaine de minutes.

Mr et Mme Villaret

```
Retour au commissariat
```

_ Mais à qui est-il alors ?
Le policier dans l'impasse n'avait jamais vu pareille situation. Avec des collègues, il avait fait suite à un appel d'un homme habitant au 47 de la rue de Chaillot qui avait signalé entendre des hurlements d'enfant. Il avait cru bon aller vérifier directement. Une fois devant la porte de l'appartement, il avait frappé pour évaluer le contexte. Il appelait cela prendre la température. Le gamin de l'autre côté de la porte lui avait confirmé qu'il était seul. Il avait également répété plusieurs fois qu'il ne voulait pas se rendre chez sa grand-mère en refusant d'ouvrir la porte. Devant l'enfant récalcitrant, le policier et ses compagnons en mission avaient enfoncé la porte. Ils avaient ensuite emmené le pauvre gosse au commissariat, l'extirpant ainsi de sa détresse.

Le sauveur fonctionnaire avait alors téléphoné aux parents qui s'étaient dépêchés de regagner le commissariat. Pourtant, le garçon qu'ils étaient venu récupérer n'était pas le leur. Il n'avait aucune explication à cela.

C'était d'ailleurs ce que déploraient Mr et Mme Villaret.

_ Comment ça à qui il est ? Ça c'est votre boulot de le savoir. Nous, nous voulons juste notre fils.

Mr Villaret voulait en profiter pour déposer une plainte pour cambriolage mais il verrait cela plus tard.

_ Je comprends bien Mr Villaret. Je suis aussi confus que vous. Laissez-moi un instant.

Le policier s'installa devant son ordinateur et pianota nerveusement sur les touches de son clavier.

Pendant ce temps, Mr Villaret tenta à nouveau de

joindre Anna au téléphone. Toujours sur répondeur.
Au bout de quelques minutes, le policier retrouva enfin une plainte enregistrée issue de la même adresse.
_ C'est vous qui avez appelé tout à l'heure, à 17h39 ?
_ Non puisque c'est vous qui nous avez appelé.
_ Oui bien sûr. Nous avons reçu une plainte à 17h39 d'une femme qui disait avoir perdu son fils dans votre immeuble, une certaine Claire Chéret. Vous la connaissez ?
_ Oui, c'est ma maman ! s'exclama le petit garçon dont on ne savait pas à qui il était.

Lorsqu'au final, après maintes réflexions tachant de comprendre le quiproquo, on procéda à l'échange des enfants vers leurs parents respectifs, l'un fut sévèrement puni pour l'inconscience de ses caprices tandis que l'autre fut soigneusement réconforté pour l'inconscience de ses parents.

De son côté, le fonctionnaire de police chargé de l'affaire était parvenu à éclaircir les zones d'ombre en reconstituant la chronologie détaillée des évènements. Ses enquêtes auprès de différents témoins et la découverte de divers indices lui avaient permis de rétablir enfin la vérité et de retrouver tous les protagonistes.

En termes de conclusion, voici les notes qu'il a bien voulues dévoiler :

```
16h50 Mr et Mme Villaret quittent leur
domicile
16h52 Fred Bouscat pénètre dans le hall de
l'immeuble
17h05 Appel de Mr Trepot, voisin de Mr et
Mme Villaret, pour alerter sur les pleurs de
Théo Villaret
17h07 Fred Bouscat s'introduit dans
```

l'appartement de Mr et Mme Villaret
17h17 Fred Bouscat sort de l'appartement après son cambriolage
17h20 Anna Dantec est accidentée, percutée par un véhicule
17h22 Théo Villaret sort de l'appartement et s'aventure dans l'immeuble
17h24 Mme Chéret et son fils Tristan Chéret pénètrent dans l'immeuble
17h26 Tristan Chéret s'enferme dans l'appartement de Mr et Mme Villaret laissé ouvert par Théo Villaret
17h37 Nous arrivons sur les lieux suite à l'appel de Mr Trepot
17h39 Appel de Mme Chéret pour déclarer son fils Tristan perdu dans l'immeuble
17h42 Nous sortons Tristan Chéret de l'appartement de Mr et Mme Villaret pour l'emmener au commissariat
18h39 Mr et Mme Villaret rentrent à leur domicile
18h41 Nous appelons Mr et Mme Villaret
19h55 Retour à la maison pour diner avec mon épouse. Nous avons fait l'amour ce soir comme au premier jour...

Ce dernier évènement n'a évidemment aucun lien avec le reste de l'histoire et n'a aucune raison de se trouver ici. Ceci dit, il pourrait illustrer le fait que tout est bien qui finit bien.

Sauf peut-être pour Tristan qui écopa d'une légère punition.

Anna, rassurez-vous, s'en est très bien tirée.

En ce qui concerne Fred Bouscat, il a bien sûr était arrêté et croupit encore aujourd'hui dans une cellule de dix mètres carré.

Quant à Mr et Mme Villaret, ils ont désormais changé de serrure.

Pourquoi je n'aime pas les Etats-Unis

Cette histoire est une histoire vécue. Toute similarité avec une autre histoire ne serait qu'une pure coïncidence.

Pendant ma jeunesse, j'avais nourri mon esprit de culture américaine. Comme beaucoup d'enfants d'ailleurs. Les fast-foods aux nourritures addictives, les blockbusters projetés sur nos toiles, les modes vestimentaires empruntées, tout me faisait rêver. Allez savoir pourquoi. Les Etats-Unis d'Amérique, un pays où les bâtiments sont plus grands, les routes plus larges, les talents plus reconnus, les libertés plus importantes et... les gens plus gros. Même le café est plus grand, ce n'est pas dans une tasse mais dans une chope qu'il est servi. Un extra-extra-extra long. Je serai curieux de voir leurs expressos. Quoiqu'il en soit, petit, j'adorais tout ce qui était américain. Je me voyais parfaitement vivre l' « American way of life », parmi toutes les stars que je croisais dans mon écran de télévision. Un peu cliché, certes. Plutôt des rêves enfantins formatés par l'influence médiatique qui inonde les ondes d'images d'outre-Atlantique et intègre les foyers captivés, en leur assénant sans cesse des modèles illusoires de vie. Alors quand on est enfant et innocent, la fascination est d'autant plus importante.

Mais j'ai fini par déchanter.

Ma représentation idéalisée des Etats-Unis s'est peu à peu fissurée et a fini par s'effondrer pour ne laisser que des ruines, comme un mythe qui s'écroule et dont ne subsiste qu'une triste réalité. Cette réalité est venue à ma rencontre sans que je ne cherche à la découvrir. J'aurais pu continuer de fantasmer mais on ne m'a pas laissé le choix. Je n'avais pourtant rien demandé. La vérité peut parfois être décevante, surtout en ce qui concerne quelque chose qu'on idéalise et que finalement on ne connait pas vraiment. Et bien, pour être déçu, j'ai été déçu ! Tout comme Rome ne s'est pas faite en un jour, mon aversion ne s'est pas imposée tout de suite. Plusieurs évènements sont venus apporter leur pierre à l'édifice.

Par où commencer ?

Je vais peut-être vous parler un peu de moi avant, brièvement. Je n'ai pas eu un parcours très banal mais je ne pensais pas devoir le payer un jour.

Tout d'abord, je suis français, de parents français mais je suis né au Proche-Orient, aux Emirats Arabes Unis, un pays riche et sans problème où mon père travaillait alors. Enfant d'expatriés, j'ai été amené à vivre loin de mon pays, et par la suite j'ai notamment passé aussi une partie de mon enfance dans quelques pays d'Afrique. Puis, j'ai repris un parcours plutôt « normal » en faisant des études en France et en y travaillant ensuite. Je suis attaché à la France, naturellement, cependant, je ne considère pas que mes racines y soient. Je suis davantage ancré dans mes pensées, dans mes souvenirs que dans mes appartenances. Ces années vécues à l'étranger m'ont apporté un goût certain pour les voyages et un certain nombre de pages remplies de tampons dans mon passeport.

Alors que j'étais encore étudiant à Toulouse, j'avais un stage à effectuer à l'étranger. Naïvement, j'avais opté pour les Etats-Unis, histoire d'améliorer aussi mon anglais. Aujourd'hui, je ne regrette pas du tout cette expérience mais je me serai bien passé des épreuves pour accéder au saint Graal : pouvoir travailler aux Etats-Unis.

Je me souviens, j'avais assisté à une espèce de forum à Paris, où des recruteurs américains étaient présents et embauchaient à tour de bras du personnel pour un job d'été dans leurs entreprises, des parcs d'attraction en l'occurrence. J'avais facilement signé un contrat d'embauche avec un parc prestigieux de la côte est qui m'assurait un emploi sur place. Afin de pouvoir travailler légalement, il me fallait cependant un visa. Et c'est là que ça s'est compliqué. Jusqu'ici, tout avait été très simple et sans embûche. Un forum, une rencontre, une embauche, un contrat, un logement. Car les employeurs proposaient également aux employés des logements près du parc.

Tout cela était peut-être un peu trop facile.

Je m'étais donc rendu dans une agence de voyage pour réserver mon billet d'avion.

Entretemps, j'avais lancé ma demande de visa auprès de l'ambassade américaine. Ayant déjà un emploi, je m'étais dit que le visa ne serait qu'une formalité. Et ça l'a été pour tous ceux qui étaient dans le même cas que moi, ils ont eu leur visa en une semaine.

Malheureusement pour moi, cela n'a pas été si simple.

Pourtant, j'avais soigneusement rempli mon dossier et j'avais respecté les procédures à la lettre. J'avais fini par envoyer mon dossier ainsi que mon passeport dans une enveloppe Chronopost à destination de l'ambassade américaine à Paris.

Après presque deux mois, j'ai finalement réussi à obtenir mon visa. Il a fallu me rendre trois fois à Paris à l'ambassade américaine pour redonner mon dossier qui m'avait été renvoyé deux fois en raison d'informations manquantes, alors que tout était bien renseigné. Trois allers-retours Toulouse-Paris et à peu près six heures à patienter dans la file devant l'ambassade, parfois sous la pluie, où est aménagé ce qui ressemble à un guichet dédié aux demandes de visa. Sans compter les allers et retours à l'agence de voyage pour repousser sans cesse le jour de mon vol, dans l'attente de mon visa.

Plus tard, j'ai appris que ma demande avait pris beaucoup de temps en raison des enquêtes qui avaient du être faites à mon sujet. Bien entendu, pendant les deux mois, il était impossible de joindre ne serait-ce qu'une personne à l'ambassade américaine, que ce soit à l'ambassade de Paris ou à celle de Toulouse. Pour des raisons de sécurité.

Pour débloquer la situation, je me souviens même avoir fait appel au consul de France du Congo, où résidaient mes parents, qui a bien voulu rédiger une lettre à l'ambassadeur pour lui indiquer que j'étais hors de tout soupçon : mes parents, français tous les deux et étant de bonnes personnes, vivaient en Afrique en tant qu'expatriés, et avaient effectivement vécu aussi aux Emirats Arabes Unis où j'étais né, moi, français aussi et étant un bon garçon.

Je ne sais pas aujourd'hui, si cette lettre a eu une quelconque influence mais j'en étais arrivé à un point où je me sentais rabaissé, au centre de considérations vexantes et balloté dans les échanges administratifs incessants et coûteux. Se contraindre à respecter les refus injustifiés, accepter de devoir à nouveau remplir un dossier et payer les frais pour leur apporter, attendre sagement dans l'impuissance en espérant en voir enfin le bout, tout ça sans rechigner et en gardant le sourire, ne m'a pas vraiment aidé à garder une image positive des Etats-Unis. Je n'étais à leurs yeux qu'un individu suspect, à surveiller et potentiellement dangereux.

Mais si seulement cela s'était arrêté là, j'aurais pu éventuellement leur pardonner.

Mais non. À croire qu'ils s'acharnaient.

Je parlais plus haut de mon goût pour les voyages alors

justement j'en avais planifié un. Pour le Nicaragua, en Amérique centrale. Deux semaines de découverte du pays avec mon amie, équipés seulement d'un sac à dos et du guide « Lonely Planet », notre bible du voyageur. À première vue, aucun rapport avec les Etats-Unis. Sauf qu'on était obligé d'y faire escale. Et les escales aux Etats-Unis, depuis quelque temps, n'étaient plus juste des étapes où les passagers n'avaient qu'à descendre de leur avion pour remonter dans un autre, en ne se préoccupant pas de leurs bagages puisque ceux-ci suivaient automatiquement. Ce qui était bien pratique, surtout quand les escales ne duraient qu'une ou deux heures.

Depuis peu, donc, une escale aux Etats-Unis ressemblait plutôt à un parcours du combattant. Une fois sorti de l'avion, il fallait récupérer ses sacs après avoir poireauté devant le tapis à bagage, passer par la douane et tous leurs examens approfondis allant des prises d'empreintes digitales à l'inspection des chaussures, remettre ses bagages dans l'avion avant d'embarquer dans le nouvel avion. Et en faisant la queue à chaque étape. Alors quand on a une escale de deux heures, je vous laisse imaginer l'état de stress que cela implique. Vais-je arriver à prendre mon avion ou vais-je rester bloqué dans les interminables queues procédurières ? Voilà une occasion de bien commencer les vacances. Ou de les finir en beauté. Ou les deux, si on est vraiment chanceux.

Pour en revenir à mon voyage, nous voici donc contraints de passer par Miami. Il n'y avait pas vraiment de choix pour aller au Nicaragua et le moins cher était de passer par Miami :

Paris-Miami le 24 Janvier : vol AA00063, départ à 11h et arrivée à 15h15
Miami-Managua le 24 Janvier : vol AA00970, départ à 18h et arrivée à 19h35

Il suffisait d'un rapide calcul pour se rendre compte que notre escale allait durer 2h45. On était large.

Arrivés à Miami avec un peu de retard, nous nous sommes précipités, mon amie et moi, pour aller récupérer nos bagages.

À 16h, nous avions nos sacs à dos et nous nous sommes dirigés vers l'immigration. Quel intérêt de passer à l'immigration ? On ne veut même pas rester aux Etats-Unis.

Bref. Nous faisons la queue pendant une bonne demi-heure – déjà que le nombre de touristes américains est important alors si on y ajoute tous les passagers en escale, cela fait un sacré paquet d'impatients – avant d'arriver face au guichet. Un douanier bedonnant en uniforme avec une grosse moustache et un air grave est posté derrière un ordinateur. D'origine mexicaine je dirai. Dans cette partie des Etats-Unis, la communauté latino est omniprésente et à Miami, on parle d'ailleurs espagnol avant de parler anglais. En jetant un coup d'œil aux autres guichets, je me rends compte que les douaniers sont tous issus des minorités, il y a beaucoup de latinos et quelques afro-américains.

C'est au tour de mon amie.

J'attends derrière la ligne de sécurité située dix mètres avant le guichet, distance nécessaire pour éviter d'entendre ce qui se dit, sans doute. Le moustachu prend alors une photo de mon amie par une webcam fixée sur l'écran de son ordinateur et prend aussi ses empreintes digitales. Tous ces guichets alignés équipés d'instruments en tout genre où une foule d'individus dans une discipline quasi-militaire attendent sagement d'être fichés, me fait penser à une immense campagne d'enrôlement dans l'armée où chacun est enregistré scrupuleusement avant d'être envoyé à la tonte. Sergent, rasez-moi tout ça ! Et je suis le prochain.

Mon amie lui tend son passeport que le douanier inspecte méthodiquement. Il le passe dans une machine et finit par lui rendre dans un geste rempli de grâce.
À mon tour.
Après m'être fait tiré le portrait et montré mon index, je donne mon passeport au moustachu qu'il ne me rend pas tout de suite.
Je le vois qui scrute son écran.
Mon passeport semble lui dire quelque chose. Il a probablement du lui révéler des informations suspectes vu l'inquiétude qui se lit sur le visage du mexicain. L'homme, perplexe, ne dit rien.
J'attends.
Puis il finit par lâcher :
_ Attendez quelques instants, on va venir vous chercher.
Quoi ? Attendre qui ? On va venir me chercher ? Mais pour aller où ? Je n'ai pourtant rien fait.
Je me suis juste contenté de lui demander pourquoi. Il m'a ignoré et est passé au candidat suivant.
Mon amie qui a réussi à passer me voit patienter au guichet. D'où je suis, je ne peux pas lui expliquer la situation et d'ailleurs je ne sais pas ce qu'il se passe.
Il est 16h45. Il nous reste un peu plus d'une heure avant d'embarquer.
Une femme en uniforme de police arrive enfin au guichet. Elle jette un regard complice au douanier et récupère mon passeport avant de me demander de la suivre. Je m'exécute docilement. Elle ne prend pas la peine de m'expliquer, elle est là pour me montrer le chemin.
_ Qu'est-ce-qui se passe ? Vous m'emmenez où ?
_ On va juste vous posez quelques questions, me répond-elle froidement.
Mon amie venue à ma rencontre cherche également à comprendre.

Nous empruntons des couloirs de l'aéroport guidés par une policière afro-américaine aussi aimable qu'une prisonnier bulgare qui vient de se faire piquer ses cigarettes. À ce moment-là, je crois que je commence à angoisser.

Nous arrivons devant une salle vitrée où il doit bien y avoir une cinquantaine de personnes en train d'attendre. Certains ont l'air d'y être depuis un bon moment, ils se sont endormis, avachis sur leur siège. Au fond, trois policiers derrière un comptoir reçoivent un à un tous les suspects. Notre vol est dans une heure et cinquante personnes sont déjà là à attendre. J'en ai au moins pour trois heures.

La femme flic m'invite à entrer.

_ Entrez et attendez votre tour.

Alors qu'elle s'en va, je la retiens :

_ Mais ce n'est pas possible. Nous avons un avion dans une heure. On va le rater.

_ Non, madame peut y aller. Elle ne peut pas rester ici de toute façon. Elle peut prendre son avion.

Résumons la situation : je pars avec mon amie pour des vacances en couple au Nicaragua, je suis arrêté aux Etats-Unis mais elle, doit partir avant. Logique, et plein de bon sens. Elle va se faire un petit séjour toute seule à Managua, capitale du Nicaragua, réputée dangereuse et elle viendra à l'aéroport tous les jours guetter mon arrivée. Bien sûr. La proposition semble intéressante et bien pensée. Je me suis gardé de remercier chaleureusement la femme en uniforme pour sa générosité et sa compassion.

Mon amie, évidemment outrée, insiste pour rester avec moi mais elle est rapidement éconduite à me laisser purger ma peine seul.

Je rentre dans la salle. Je suis paniqué. Mon amie et moi avons été séparés sans savoir ce qui nous attend et surtout sans pouvoir communiquer. À l'intérieur, les gens ont l'air excédés, énervés, fatigués et inconfortables.

Où ai-je atterri ? J'ai l'impression d'être dans un mauvais film, au centre d'un énorme malentendu. Je veux simplement partir en vacances. Je n'ai rien fait. Je n'ai rien contre les Etats-Unis et je ne veux d'ailleurs même pas rester aux Etats-Unis. Laissez-moi passer mes vacances en paix. Et laissez-moi retrouver mon amie qui à l'heure actuelle doit s'inquiéter de savoir ce qu'on est en train de me faire.

L'avion est dans une heure et je suis coincé dans une pièce où il n'y a même plus de places pour s'asseoir. Je dois gentiment patienter et accepter de rater mon avion sans rien dire. Impossible. Je dois faire quelque chose. En dehors des policiers derrière le comptoir, il y en a un autre dans la salle. Probablement pour surveiller tous les suspects. Je vais le voir et tente de lui expliquer la situation. Il n'a pas vraiment de considération pour moi et me regarde à peine. Pour lui, je suis un indésirable. Je le supplie de demander à ses collègues que je passe rapidement. Je répète que mon avion est dans moins d'une heure et que je ne peux vraiment pas attendre mon tour. Beaucoup de personnes présentes ont aussi un avion à prendre me dit-il et je peux très bien aller demander moi-même à ses collègues car il ne pouvait rien faire pour moi.

Les policiers derrière le comptoir ont l'air encore plus sympathiques. Je m'approche du comptoir et interpelle l'un d'eux. Il ne m'entend pas. L'autre m'écoute et me conseille de m'asseoir. J'insiste. Le troisième me désigne un siège qui venait de se libérer. Trop aimable. Un nouveau policier venait d'entrer dans la salle, une femme afro-américaine, obèse et à l'allure moins acerbe que ses petits camarades. Je me précipite vers elle, et réitère ma demande encore une fois. J'insiste. Elle dit qu'elle va voir et demande que je reste assis.

Il me reste quarante-cinq minutes avant le vol.

Je vois ma dernière interlocutrice glisser un mot à un

des flics du comptoir. Ma situation va peut-être se débloquer. Il y a enfin un peu d'espoir. Je repense à mon amie, de l'autre côté. Du côté de ceux qui peuvent voyager tranquille, hors de tout soupçon. Ici, j'ai la sensation d'être traité comme un délinquant dont on se fiche complètement qu'il rate son avion ou pas.

Quarante minutes avant mon vol.

J'observe les autres autour de moi. Je partage leur colère et leurs inquiétudes. Je me rends compte que certains sont emmenés dans une autre salle qui jouxte celle-ci mais séparée d'une porte. Je me demande ce qu'il s'y passe. Pourquoi va-t-on les isoler ? Est-ce qu'on les maltraite ? Qu'est-ce-qui se cache derrière cette porte ? Je suis tiraillé entre le stress de ces minutes qui n'arrêtent pas de s'écouler et l'angoisse de ne pas savoir ce qu'il va m'arriver.

Trente-cinq minutes avant mon vol.

L'un des policiers du comptoir me fait signe, je suis le prochain. Je n'y croyais plus.

Face à lui, je subis un véritable interrogatoire. Comment je m'appelle ? Qu'est-ce-que je fais dans la vie ? Je suis né où ? Où je vis ? Que font mes parents et où habitent-ils ? De quelle nationalité sont-ils ? Sont-ils nés aussi aux Emirats Arabes Unis ?

Et là, je sens bien que pour lui la situation est très difficile à comprendre et j'ai l'impression que ça lui échappe complètement. Première interrogation, il ne comprend pas que je sois français et né aux Emirats Arabes Unis, ce n'est pas logique. Pourtant, à première vue latino, il a potentiellement des chances de ne pas être né sur le sol américain. Deuxième interrogation, il se demande pourquoi mes parents français aussi, ne sont pas nés aux Emirats Arabes Unis. J'ai du lui expliquer toutes les raisons, que mon père était parti là-bas pour le travail, qu'il travaillait dans le pétrole, ah, quelle compagnie ? et que j'étais né à ce moment-là puisqu'on y vivait en famille. À sa tête, je voyais bien que c'était compliqué. Troisième interrogation, pourquoi j'avais tous ces tampons du Congo dans mon passeport, et le Congo c'est où ? Quand je lui ai dit que mes parents y vivaient actuellement et que j'y étais allé régulièrement, je crois qu'il s'est senti perdu. Cela faisait beaucoup trop d'informations et des noms de pays qu'il n'avait surement jamais entendu auparavant.

Troublé, il multiplie les questions pour éclaircir le brouillard qui l'entoure. Sa curiosité est sans limite, il va jusqu'à me demander mon salaire et l'âge de mes frères et sœur.

Puis, il en vient à l'objet de mon voyage.

Il me reste vingt minutes avant mon vol.

_ Où allez-vous ?

_ À Managua.

_ Ah, oui… Managua…. , dit-il avec un air intrigué comme s'il venait de découvrir un indice. Et vous restez à Managua ?

_ Non, et je lui énumère quelques villes qu'on avait prévu de visiter.

_ Ah… et vous allez visiter quoi ?

Soit il me prend pour un mythomane, soit il a envie de faire un voyage prochainement au Nicaragua et il se renseigne sur le meilleur circuit touristique.

_ Je vais voir des volcans.

_ Ah oui ? Quels volcans ?

Allons bon, j'ai affaire à un passionné de volcan maintenant. Je ne vois pas en quoi est utile cette information et l'interrogatoire prend une tournure ridicule. J'espère qu'il ne va pas me demander le nom des hôtels, on ne sait même pas encore où on va dormir, sauf pour la première nuit à Managua.

Je lui donne alors quelques noms de volcans. Décidemment, j'ai bien fait de réviser notre parcours avant de partir. J'aurai été très déçu d'être démasqué à

cause d'un nom de volcan.
_ Et vous allez voir qui là-bas ?
Euh, des trafiquants de drogue et on va organiser une guerre civile. D'ailleurs, j'ai plein d'explosifs dans mon sac et il ferait mieux de me laisser partir rapidement car Ben Laden va m'attendre à l'aéroport de Managua.
Qui je vais voir là-bas ? Ça commence vraiment à m'ennuyer toutes ces questions dénuées d'intérêt. Il se moque de moi et ne s'en cache pas. À chacune de ces questions, il me renvoie au visage le sentiment de n'être qu'un minable devant l'autorité américaine qui peut tout se permettre. Je l'ai pourtant prévenu que mon vol décollait très bientôt mais il semble jouer avec le temps et avec mes nerfs. Son regard hautain, ses intonations et ses questions presque accusatrices m'humilient progressivement. Je ne sais même pas de quoi on m'accuse et on cherche à me ridiculiser tout en me faisant rater mon avion et en me riant au nez. Y'a vraiment de quoi s'énerver mais c'est peut-être ce qu'ils cherchent à faire. Attendre que je fasse un faux pas pour se donner le droit de m'enfermer. Je ne sais pas. Je les crois capable de tout. Je suis écrasé sous le poids de l'injustice. À leurs yeux, je suis déjà coupable et traité comme tel. Pourquoi devrais-je subir les conséquences de leur ignorance ?
J'ai cru que cet interrogatoire n'allait jamais finir.
Lorsqu'il me laisse enfin partir, il me reste dix minutes avant le décollage. Je me rue hors de la salle. Vers où me diriger ? Je panique. Des gouttes perlent sur mon front. Où est mon amie ? Comment vais-je la retrouver ? Je me précipite à l'enregistrement. L'endroit est désert. Je cours avec mon sac à dos. Je transpire de plus en plus. Il me reste huit minutes.
Près des guichets d'enregistrement, soudain le soulagement.
Elle est là. Mon amie m'a attendu pour l'enregistrement.

Vite. Donner les passeports à la seule hôtesse encore présente. Récupérer les cartes d'embarquement. Trop tard, plus le temps de mettre les sacs en soute. Les porter sur le dos et courir. Bousculer les gens, regarder sa montre. Passer devant tout le monde aux contrôles de sécurité, entendre les insultes. Bousculer encore, s'excuser. Mettre ses affaires sur le tapis, passer le portique. Sans sonner, ouf. Attraper les sacs, courir. Où est la porte d'embarquement ? Mince, plus que deux minutes. Chercher et courir, courir et chercher. Transpirer, paniquer. Monter les escaliers, bousculer, courir. Arriver devant la porte d'embarquement, ouf. Juste une hôtesse, vous pouvez y aller, vite, dépêchez-vous. Juste. Derniers rentrés dans l'avion et en nage, les passagers nous dévisagent mais on a réussi.

Le séjour au Nicaragua fut fantastique.
J'appréhendais le retour.

Arrivés à Miami, toujours les mêmes procédures, récupérer les bagages et passer par l'immigration. Au moment de présenter mon passeport, je redoutai la réaction de l'agent d'immigration. Ce n'était pas le même qu'à l'aller mais j'ai été saisi par l'effet de l'unique phrase qu'il prononça :
_ Veuillez patienter sur le côté s'il vous plaît.
Je n'y croyais pas.
_ Mais je suis venu il y a deux semaines. On m'a déjà interrogé. Ma situation n'a pas changé depuis deux semaines.
J'étais atterré.
Peu importe. Son ordinateur lui indiquait qu'on devait m'interroger alors on allait m'interroger. C'est aussi simple que ça et il n'a pas le temps de réfléchir. Et après tout, il n'est pas payé pour ça.
Non mais ne vous embêtez pas à appeler quelqu'un, je

connais le chemin.

Ridicule. Je trouvais la situation ridicule et aberrante. On avait failli me faire rater mon avion une première fois, en m'humiliant et cela allait se reproduire. Incroyable.

Je revivais ce que j'avais vécu deux semaines plus tôt. Les mêmes couloirs menant à la même salle. Le même manque de considération et le même traitement affligeant à mon égard.

Seul dans la salle, je me revoyais revivre l'interrogatoire devant le comptoir dans cette même salle vitrée.

La situation était exactement la même. Une cinquantaine de personnes et un peu plus d'une heure avant de reprendre un vol.

Rebelote.

J'attends.

Quand mon tour arrive, j'ai la surprise d'être emmené dans la salle attenante, celle derrière la porte qui m'avait intrigué. Je vais enfin savoir ce qui se cache de l'autre côté.

Je ne sais pas si c'est une bonne nouvelle.

Derrière, un guichet et autour trois autres pièces, des bureaux où les portes entrouvertes laissent entrevoir des interrogatoires plus poussés. Pour les plus suspects. Deux semaines après, leurs soupçons me concernant semblent s'être renforcés alors que rien n'a changé. À quoi vais-je avoir droit cette fois-ci ?

S'ils me posent des questions sur ma destination, je suis prêt. Je connais bien la France et j'ai même une adresse à leur donner.

Le policier qui me reçoit n'est pas latino mais afro-américain et plutôt souriant (qu'est-ce-que ça cache ?). Il me pose toutes les questions qui m'avaient déjà été posées à l'aller. Sauf sur ce que j'allais visiter (il a du comprendre que je rentrais chez moi). Est-ce-un test ? Est-ce qu'ils veulent confirmer que tout ce que j'ai dit précédemment est vrai ? Pourquoi tout me faire répéter ? Ils ne peuvent

pas se faire un dossier avec toutes les informations sur une personne pour éviter de la réinterroger à deux semaines d'intervalle ? Le policier détendu, essaye de rendre tout ça sympathique mais cela n'a rien de sympathique. J'en ai marre de ce harcèlement. Il ne s'est pas contenté de me poser les mêmes questions, il en a posé d'autres. La différence entre ces bureaux et le comptoir d'à coté se jouait au nombre de questions. Ici, l'interrogatoire allait plus loin et était plus insidieux.
_ Donnez-moi vos numéros de carte bleue.
Oui, bien sûr. Vous ne préférez pas un virement ?
Sa requête dépasse toute logique. A-t-il le droit de me demander cela ? Je suis stupéfait mais en même temps j'ai envie que ça se termine, je veux sortir, prendre mon avion et rentrer chez moi. J'attrape mon portefeuille pour en extraire ma carte bleue. L'agent se saisit alors de mon portefeuille et fouille l'intérieur. Je crois rêver. Il se sert et note non seulement le numéro de ma carte bleue personnelle mais aussi celui de la carte bleue du compte joint. À l'aise. Cela fait partie de quelle procédure de sécurité ? J'aimerai bien connaitre leurs consignes.
J'imagine le speech du chef face aux futurs agents de l'immigration pendant leur formation :
« D'abord, vous posez le plus de questions possibles et n'hésitez pas à poser des questions indiscrètes, il faut qu'il soit embarrassé, limite énervé. Jouez avec ses nerfs surtout s'il a un avion à prendre. Ensuite vous fouinez dans ses affaires et vous finissez par le mettre tout nu pour lui faire une fouille anale, histoire de bien l'humilier. Il faut leur montrer qu'on est les Etats-Unis, qu'on est les plus forts et qu'on ne rigole pas avec nous. »
Oui, je vois bien la scène.
Alors, c'est ça, on peut tout se permettre ? Qui me dit qu'il ne va pas en profiter et commander avec ma carte sur internet ?
_ Qui est-ce ? me lâche-t-il en me montrant la photo que j'avais dans mon portefeuille.

N'a-t-il pas l'impression d'aller un peu loin ? Je ne le connais que depuis une demi-heure et il veut que je lui présente mes proches. Si j'avais su, j'aurais ramené un album de famille, il aurait sûrement adoré regarder mes photos et connaitre l'histoire de ma famille.
_ C'est mon amie.
_ Elle est mignonne.
En plus, j'ai droit à ses commentaires. Il m'a même demandé son nom. Y'a pas à dire, ils sont vraiment gentils et plein d'humanité ces agents de l'immigration américaine. Dommage que je n'ai plus beaucoup de temps, je suis sûr qu'on aurait pu devenir les meilleurs amis du monde.

Quand il a eu suffisamment d'informations (j'ai évité la fouille anale de justesse), il me relâche.

Il ne reste que quinze minutes avant le décollage. C'est jouable. Et puis, je suis un habitué maintenant.

Une fois à l'enregistrement, je retrouve mon amie. Ouf.

Mais problème.

Dans nos sacs, que l'on ne peut plus faire enregistrer, se trouvent quelques bouteilles de rhum. Les liquides sont interdits en cabine, non, c'est pas possible, et si, vous allez être obligés de les laisser ici, non s'il vous plait, non désolé.

Et merde, plus de rhum.

Tant pis, il faut prendre notre avion. Et là, même scénario qu'à l'aller. On court, on bouscule, on transpire et arrivés devant l'embarquement on se met en colère, l'avion est parti.

Et merde, plus d'avion.

L'immigration avait réussi à nous faire rater l'avion. Qu'est-ce qu'on va faire ? Je suis énervé contre eux. Nous retournons voir l'immigration.

_ Si vous avez raté votre avion, nous ne pouvons rien faire, ce n'est pas de notre faute. Et ce n'est pas notre problème. Ce que nous avons fait, nous l'avons fait pour la sécurité du pays et nous avions donc de bonnes raisons de le faire. Je vous conseille de voir avec la compagnie aérienne.

On prend combien pour casser la gueule à un agent de l'immigration ?

Après maintes discussions, la compagnie aérienne accepte de nous reprendre sur un vol. Sur celui du lendemain à la même heure, donc dans 24h.

Il est 19h à l'aéroport de Miami, on est crevé du voyage et il faut bien trouver où dormir. Vu les circonstances, on se dit qu'une chambre nous serait payée. Ce serait la moindre des choses. Réponse de la compagnie :

_ Ah non. Il faut voir avec l'immigration pour cela. On a déjà été gentil de vous remettre dans le vol du lendemain et cela sans supplément, on ne va pas vous payer l'hôtel. Nous ne sommes pas responsables. Voyez avec l'immigration, c'est à eux de s'en charger.

Bon. Restons calmes.

Nous retournons voir l'immigration :

_ Si vous avez raté votre avion, nous ne pouvons rien faire, ce n'est pas de notre faute. Et ce n'est pas notre problème. Ce que nous avons fait, nous l'avons fait pour la sécurité du pays et nous avions donc de bonnes raisons de le faire. Je vous conseille de voir avec la compagnie aérienne.

Et si je le tuais, discrètement ? D'un coup sec entre ses deux yeux d'abruti.

En tout cas, il n'y avait rien à faire. Pas de discussion possible.

Si je comprends bien, je n'avais qu'à naître en France. C'est donc ma faute si j'ai raté mon avion et c'est donc à moi de payer tous les frais en conséquence. C'est d'une logique implacable.

Retour vers la compagnie aérienne.

En insistant lourdement, ils finissent par nous octroyer une offre plus que généreuse : dix pour cent de réduction dans un hôtel de l'aéroport. Merci. Cela nous fera la nuit à 180 dollars au lieu de 200. Trop aimable. Mais je pense qu'on va se débrouiller.

Il est bientôt 20h et on n'a toujours pas d'endroit où dormir. On arrive à dégoter des numéros dans Miami. On passe quelques coups de fil et on parvient à réserver deux lits dans une auberge de jeunesse. Le moins cher, qui revient tout de même à 25 dollars le lit. Mais au moins, on sera en plein centre et on pourra profiter de notre excursion forcée.

L'aéroport étant à plus d'une heure de la ville de Miami, on est arrivé assez tard à l'auberge.

La nuit n'a pas été très reposante, deux lits superposés dans une chambre de quatre n'est pas idéal que ce soit pour le calme comme pour l'intimité.

Le jour suivant n'a pas été non plus une partie de plaisir puisque j'ai eu une crise de paludisme.

Au final, nous avions bien pu repartir en France, avec un jour de retard et moi une grosse fièvre. Retour à la maison sain et sauf. Avec une certaine amertume envers les Etats-Unis et leurs procédures de sécurité.

Bref. Voilà pourquoi aujourd'hui je n'aime pas les Etats-Unis.

Le mystère de la chambre froide

De retour.

Posté face à la devanture de son restaurant, Hervé Loiseau ressentait, comme à chaque fois, une extrême fierté. Il rentrait de quatre jours de congés qu'il s'était octroyés pour le mariage de son fils. Ce bougre avait fini par se dégoter une ravissante épouse offrant ainsi à ses parents une joie immense. Il fermait rarement son restaurant aussi longtemps, en raison des difficultés financières que cela impliquait, mais l'évènement était bien plus important que n'importe quelle considération pécuniaire. Le mariage de son fils unique.

Bien que ces quatre jours fussent très agréables, il était ravi de retrouver son antre où il passait la plupart de son temps. Devant le store rouge et noir surmonté d'une enseigne où était inscrit « Autour du goût », il réalisa que cela faisait déjà presque dix ans qu'il avait monté son affaire.

Au départ, rien de prédestinait Hervé Loiseau à devenir cuisinier, sauf peut-être son nom, identique à celui du célèbre chef Bernard Loiseau. Mais les deux hommes étant nés à quelques années d'intervalle, l'un ne pouvait pas avoir influencé l'autre. Donc, rien vraiment ne prédestinait Hervé Loiseau à devenir cuisinier.

D'une famille modeste, un père maçon et une mère au foyer, il avait suivi tout naturellement la même voie que son père et avait fini ses études par un CAP de maçonnerie. Il ne s'était jamais réellement ouvert à d'autres domaines alors quand il découvrit la cuisine, cela fut une véritable révélation. Tout en travaillant dans le bâtiment, il passait tout son temps libre à confectionner de nouvelles recettes, expérimentant des associations d'aliments et élaborant différentes techniques de cuisson. Le week-end, il lui arrivait de préparer gratuitement des repas pour des amis, ou parfois même pour des connaissances, qui fêtaient un évènement particulier, comme ferait un traiteur bénévole, juste pour le plaisir de cuisiner. Le seul fait de savoir qu'on se régalait de ses plats le remplissait de bonheur et cela lui suffisait amplement. Jusqu'au moment où il s'est finalement rendu compte qu'il devait tenter sa chance. Il fallait qu'il se lance et qu'il ouvre son propre restaurant. Cuisiner tous les jours pour les autres en gagnant sa vie était un rêve, devenu réalité lorsqu'il inaugura « Autour du goût » il y a neuf ans et dix mois.

Ses débuts n'avaient pas été faciles. Propulsé chef d'entreprise, chef de sa propre entreprise, il avait du faire face aux difficultés de tout entrepreneur allant de la gestion du personnel jusqu'à la comptabilité. Sans compter la gestion administrative et ses lourdeurs. Il s'en était manqué de peu pour qu'il mette les clés sous la porte mais sa détermination et sa relation passionnelle avec la cuisine lui avaient permis de surmonter les épreuves financières, moyennant quelques sacrifices. Désormais, son restaurant faisait son petit bonhomme de chemin et pouvait compter sur son lot d'habitués.

Hervé avait toujours voulu faire de son restaurant un endroit convivial et chaleureux. Face à l'entrée, un bar et son comptoir en zinc avec quelques tabourets. Devant le bar quelques tables basses, et pour s'asseoir, des fauteuils ou des canapés donnant ainsi l'aspect d'un confort comme-à-la-maison. À droite du bar, la salle de restaurant avec une quinzaine de tables. Aux murs, quelques tableaux discrets représentant des paysages verdoyants et paisibles. Pour la sérénité du lieu. Et dans le fond, derrière la salle de restaurant, un passe-plat se dessinait dans la cloison et laissait présager la présence des cuisines de l'autre côté. Son restaurant, c'était sa deuxième maison. Il s'y sentait bien.

À présent, il était temps de se remettre au travail. Il leva le rideau de fer et pénétra à l'intérieur. Il aimait l'atmosphère qu'il était parvenu à installer. *« Autour du goût »*, *un endroit simple et agréable où l'on mange très bien*, disaient les critiques et c'était exactement ce que Hervé avait eu pour objectif. Un restaurant bon et sans prétention.

Il n'était pas parti longtemps mais il se rendit compte que, cuisiner, servir, retrouver ses clients ou en rencontrer de nouveaux, discuter, encaisser, remercier, faire tourner la boutique en somme, tout ça, lui avait manqué.

Premières tâches de la journée, aérer un peu l'espace, vérifier les stocks et accueillir ses employés. Après quoi il irait se réapprovisionner avant de commencer à préparer ses menus. Toujours le même rituel. Mais jamais les mêmes menus. Il cherchait à proposer constamment des plats différents chaque jour, en fonction des saisons, de son inspiration ou en improvisant selon ce que les produits du marché lui suggéraient. Ensuite, il finalisait ses recettes en cuisine et ce qu'il avait envisagé plus tôt pouvait encore évoluer. C'était cette part d'improvisation qu'il adorait et qui faisait que finalement aucun jour ne ressemblait à un autre.

Aujourd'hui, il n'avait pas encore d'idées. Il verrait cela plus tard.

Il traversa la salle de restaurant et poussa les portes battantes. Dans la cuisine, impeccable, il retrouva ses instruments et l'odeur de l'inox. Il se dirigea vers la chambre froide et en actionna la poignée.

Clac.

Il tira la lourde porte.

Aussitôt, une odeur immonde s'en échappa. Hervé fut pris de nausées.

Lorsque la porte fut totalement ouverte, Hervé découvrit avec horreur un corps.

Un homme recroquevillé sur le sol.

Mort.

Cinq jours plus tôt

Hervé était impatient. Le mariage de son fils avait lieu le lendemain. Comme pour prouver l'immense bonheur qu'il ressentait à cette occasion, Hervé avait voulu s'occuper d'une partie de la réception.

En général, il ne montrait que très rarement des signes d'affection car cela le mettait mal à l'aise. Chez lui, tout passait dans l'action. Alors pour féliciter son garçon, il ne l'avait pas pris chaleureusement dans ses bras, il avait plutôt insisté pour participer à l'organisation du buffet.

Hervé avait passé la journée à confectionner des amuse-gueules et bouchées destinées au vin d'honneur. Il s'était mis en relation avec un traiteur qui lui s'occupait de dresser les tables, préparer le repas et servir les convives. Grand amateur d'œnologie, il avait également veillé à commander les vins et le champagne qu'il entreposait déjà dans la cuisine de son restaurant depuis quelques jours et que le traiteur devait donc venir récupérer, en plus de ce qu'il avait concocté pour l'apéritif.

Une camionnette réfrigérée du traiteur se gara devant « Autour du goût » en fin d'après-midi. Deux hommes en sortirent et pénétrèrent dans le restaurant.

Quelques minutes plus tard, une autre camionnette du même traiteur vint se ranger près de la première camionnette. L'entreprise avait cru bon de réquisitionner deux de ses véhicules, l'un pour transporter les caisses de vins et l'autre, réfrigéré, pour les amuse-bouches et autres préparations qui nécessitaient d'être conservées au frais. L'homme de la deuxième camionnette s'engouffra dans le restaurant.

Les trois hommes se mirent à la tâche et décidèrent finalement de tout stocker dans la camionnette réfrigérée car il y avait suffisamment de place. Et c'était plus simple pour tout le monde. Ils chargèrent d'abord les caisses de vin, puis les caisses de champagne dans un défilé organisé, presque mécanique, composé d'allers et retours entre la cuisine et la camionnette.

Hervé, lui, s'affairait à finaliser les derniers rangements avant la fermeture exceptionnelle. Il avait préféré libérer ses employés plus tôt pour terminer seul les derniers préparatifs. Il fallait qu'il se dépêche. Après avoir fermé, il devra repasser chez lui pour s'apprêter, puis, avec sa femme, prendre la route pour parcourir les deux cents kilomètres qui les séparaient du lieu du mariage où les attendaient pour dîner leur fils, sa future femme et ses beaux-parents. Pour une dernière mise au point.

Après les caisses de vin et de champagne, les trois hommes s'attaquèrent à emporter la nourriture. Tout était stocké dans la chambre froide.

Lorsque tout fut enlevé, les deux hommes de la camionnette frigorifiée, avec les deux derniers plateaux sur les bras, sortirent du restaurant, posèrent les plateaux dans le véhicule et s'en allèrent aussitôt.

Le troisième homme, alors qu'il croisa ses deux collègues se dirigeant vers la sortie, alla vérifier si tout avait bien été emporté. Une fois dans la chambre froide, il buta sur la cale qui retenait la porte et celle-ci se referma.

Hervé, légèrement en retard, se hâta de retourner les chaises sur les tables et les tabourets sur le bar.

Dans la chambre froide, l'homme chercha à ouvrir la

porte. Malheureusement pour lui, la chambre froide ne s'ouvrait que de l'extérieur. Il était enfermé.

Hervé s'activait. Il avait vu partir les traiteurs avec les derniers plateaux. Il sortit à son tour et prit soin de fermer toutes les ouvertures. Puis il actionna le rideau de fer.

À l'intérieur, l'homme frappait maintenant de toutes ses forces contre la porte de sa prison réfrigérée. Les bruits de ses poings tambourinant étaient étouffés par le mécanisme du rideau de fer qui descendait.

Le rideau métallique avait désormais fini sa descente.

L'homme redoubla d'effort dans une nouvelle tentative pour alerter de sa présence par le vacarme de ses mains tapant sur la porte.

Dehors, Hervé avait déjà quitté les lieux. Dans la précipitation, il avait néanmoins pris le temps d'accrocher sur la devanture une affichette indiquant les dates de son absence.

L'homme frappait toujours.

À l'extérieur, plus personne.

Juste l'écriteau « Fermeture exceptionnelle jusqu'au 22 » posé par Hervé, qui oscillait encore.

Et de nouveaux coups, au fond du restaurant, imperceptibles depuis la rue.

Retour au présent

Hervé était complètement bouleversé. La vision de cet homme gisant sur le sol le terrifia. Il chercha dans ses pensées mais ne parvint à trouver aucune explication rationnelle. Que faisait cet homme dans la chambre froide ? Comment était-il arrivé là ?

L'odeur était infecte. Il balaya la pièce du regard et n'en crut pas ses yeux. L'homme s'était emparé d'une pièce métallique et avait gravé des inscriptions sur la paroi qu'il ne parvint pas à déchiffrer. Cependant, il crut reconnaitre certaines lettres.

Près du corps, un carnet et un crayon. Hervé se saisit du carnet et en lut quelques mots. Puis quelques lignes. Pendant sa lecture, le visage d'Hervé se décomposait. Il était pétrifié par ce qu'il venait de découvrir.

L'homme, dans son carnet, avait détaillé son calvaire, ses souffrances à l'intérieur de cette chambre froide. Il avait décrit précisément comment le froid l'avait engourdi progressivement, comment ses membres gelés le faisaient souffrir dans une douleur insoutenable, comment son être brûlait, rongé par les engelures et comment la mort raidissait son corps.

Hervé chancela.

Il se souvint de tout ce qu'il avait fait cinq jours plus tôt avant de partir pour le mariage de son fils.

Et il avait particulièrement fait attention à un point.

Le traiteur avait vidé sa chambre froide de tout ce qu'elle contenait. Ainsi, Hervé, pour éviter les consommations inutiles, avait coupé le système de réfrigération de la chambre froide.

La chambre froide n'avait donc pas fonctionné depuis presque cinq jours.

Il regarda le thermomètre à l'intérieur de la chambre. Il indiquait dix huit degrés.

Trois jours plus tard

Suite à la découverte du corps du mystérieux individu dans son restaurant, Hervé avait alerté la police qui se rendit aussitôt sur place. Une enquête fut menée et la police conclut à un accident le fait que l'homme se soit retrouvé enfermé.

Toutefois, une autopsie fut demandée à la police scientifique afin d'établir les circonstances exactes de la mort.

L'autopsie révéla que l'homme était bel et bien mort d'une hypothermie, attestée par un nombre important de lésions présentes sur tout le corps. La température du corps avait semble-t-il chuté en dessous des vingt degrés et avait par conséquent provoqué une mort par arrêt cardiaque.

Cependant, l'enquête n'expliquait pas comment l'homme était mort de froid alors que la température à l'intérieure de la chambre froide avoisinait les dix huit degrés.

À ces éléments mystérieux, des éclaircissements furent apportés par un psychanalyste, consultant à la police scientifique.

L'homme, persuadé se trouver dans une chambre froide, avait fini par périr, victime de ses illusions. Son corps dominé par la force redoutable de son esprit avait subi les dommages de son subconscient. Comme une hallucination capable de faire de ses croyances une réalité perceptible où l'esprit contrôle les émotions au-delà de toute logique.

Et d'ailleurs, qu'est-ce-que la réalité ? Chacun ne fabrique-t-il pas sa propre réalité ?

Le psychanalyste Otto Rank avait simplement conclu par ces mots : « Tout ce que nous accomplissons à l'intérieur modifie la réalité extérieure ».

Le musicien

Cette histoire est inspirée d'un fait divers.

Paris, le 21 octobre 2009, dans le hall de métro de la station La Défense, entre la ligne 1 et la station de RER à l'heure de pointe du matin, aux alentours de 9h.

Un musicien s'installe, pose l'étui de son instrument ouvert sur le sol, attrape son violon et joue.

La Défense étant un quartier d'affaires, les lieux sont principalement fréquentés par des cadres souvent pressés et soumis pour la plupart à un stress régulier.

Le musicien joue pendant exactement 52 minutes.

Pendant ces 52 minutes, 2358 personnes sont passées devant lui, dont 812 femmes, 1467 hommes et 79 enfants. Sur ces 2358 personnes, 28 personnes ont laissés des pièces dans son étui pour une somme totale de 19 euros et 63 centimes.

Le violoniste a interprété 7 morceaux qui sont considérés comme les plus difficiles à jouer car devant allier précision, doigté et rapidité.

Il n'y a jamais eu d'attroupement autour de lui. 1255 personnes ont ralenti le pas en passant devant lui, 859 se sont arrêtés, 416 sont restés plus de 15 secondes et 59 ont applaudi.

Les plus réceptifs semblent avoir été les enfants, qui

dans 95% cas s'arrêtaient et paraissaient apprécier la musique alors que les adultes qui les accompagnaient pressaient le pas.

Pourtant, l'homme s'appelait Didier Poyal. Célèbre violoniste français, il avait donné plus de 253 concerts. Le dernier avait fait salle comble à l'Opéra de Paris où les places valaient 100 euros pour les moins chères jusqu'à 190 euros pour les premiers rangs.

Il tenait entre ses mains l'un des violons les plus célèbres violons du monde, un Stradivarius de 1717, estimé à plus de 4 millions d'euros.

Seule 1 personne l'a reconnu, à la $47^{\text{ème}}$ minute et s'est contentée de le prendre en photo.

Sa présence dans les souterrains parisiens est passée quasiment inaperçue alors que Didier Poyal est l'un des plus grands violonistes contemporains.

Par cette expérience, Didier Poyal a cherché à savoir si des individus qui seraient pris dans leur train-train quotidien pouvaient être attentifs à une œuvre musicale exceptionnelle dans un lieu inattendu. Il a cherché à savoir si des passants à l'esprit accaparé par leurs propres préoccupations pouvaient être réceptifs et s'arrêter quelques minutes, juste pour prendre un peu le temps d'écouter, comme une pause momentanée dans leur existence précipitée au rythme aveuglant.

Les résultats ne furent guère encourageants. Cependant, cela a permis de révéler que les enfants étaient davantage sensibles au monde environnant et à ses manifestations.

Didier Poyal n'a fait que constater le manque de curiosité et le manque de considération des individus à l'égard du monde qui les entoure.

Dans nos sociétés actuelles, chacun est pris dans une routine, dans une vie tenue par des devoirs et des obligations. Et malgré la prolifération des moyens de communication, l'homme est de plus en plus seul, égoïste. Enfermé dans le carcan d'une liberté illusoire, l'homme marche avec des œillets et oublie peu à peu qu'il fait partie d'un tout, beaucoup plus vaste que son univers personnel.

Par cette expérience, Didier Poyal nous conduit irrémédiablement à nous poser cette question : « Sommes-nous suffisamment curieux et éveillés à ce qui nous entoure ? »

L'éclaireur

Juliette

L'homme qu'elle a face à elle affiche un air sérieux et grave. Son cœur s'est accéléré dès qu'elle s'est assise à cette table face à cet inconnu. Elle le regarde attentivement, inquiète de savoir ce qu'il allait lui annoncer. L'angoisse lui dit de se lever et de partir au plus vite, tandis que la curiosité l'encourage à rester et à écouter. Après tout, maintenant qu'elle est là, elle se dit qu'il serait dommage de ne pas aller jusqu'au bout de sa démarche.

Finalement, elle choisit d'écouter sa curiosité.

L'homme remue sa tasse de café de sa main droite dans un mouvement circulaire. Puis, il retourne la tasse sur une coupelle et patiente quelques instants avant de la reprendre. Il la repose ensuite à l'endroit sur la table et scrute l'intérieur.

_ Avez-vous des questions particulières à me poser ?

Juliette réfléchit.

_ Non, pas vraiment.

Elle sait qu'elle doit le laisser parler pour éviter qu'il ne se focalise sur un seul point. Elle ne doit pas trop l'orienter, elle aura ainsi un maximum d'informations. Elle se contentera d'interpréter ses visions afin de le guider, si besoin. Quoiqu'il en soit, elle a décidé d'en dire le moins possible.

En face, l'homme fixe les formes laissées par le marc de café au fond de la tasse.

Après un long silence, il se lance :

_ Je vois que vous travaillez dans un bureau… dans le domaine de… l'informatique….Vous n'êtes pas vraiment satisfaite de cet emploi…

Cela commence bien pour Juliette.

_ Oui, vous êtes un peu perdue en ce moment…. Vous vous posez beaucoup de questions sur votre avenir professionnel….

C'est exactement ce qu'elle ressent en ce moment. Elle n'a pas l'impression de s'épanouir dans son travail et éprouve le besoin d'en changer. Peut-être dans une nouvelle voie.

Il a bien vu. Elle confirme :

_ C'est vrai qu'actuellement j'ai envie de changer.

Il poursuit :

_ Je vous vois plutôt bien dans le domaine artistique, ou du moins faire quelque chose qui tourne autour de l'art… Vous avez une sensibilité artistique évidente et c'est un monde qui vous attire…

Incroyable. Il a mis dans le mille. Juliette est intriguée. Elle se détend progressivement et se concentre vers les paroles de son interlocuteur pour qui elle porte désormais une attention toute particulière.

Le médium semble réfléchir. Comme s'il attendait de recevoir des messages depuis le fond de sa tasse.

Juliette guette ses prochains mots.

_ Vous vous cherchez, vous êtes un peu perdue. Professionnellement mais aussi dans votre vie sentimentale…

Juliette est toute ouïe.

_ Vous êtes quelqu'un de sensible, romantique, rêveuse… Malheureusement, vous n'arrivez pas à rencontrer quelqu'un qui vous convienne...

Pause.

L'éclaireur

_ ... Mais ne vous inquiétez pas, je vois que cela va s'arranger. ... Vous allez trouver un homme dont vous allez tomber très amoureuse et cette fois ce sera le bon... Je vois plusieurs enfants... deux enfants, une famille soudée et heureuse.

Le temps suspend son vol et Juliette est pendue à ses lèvres. Elle ne regrette pas du tout être venue et laisse son esprit voguer sur les mots du médium, embarqué par un soudain positivisme.

_ Vous semblez vouloir ne pas reproduire le schéma de votre enfance... Je vois que cela n'a pas toujours été facile... Je vois un manque vis-à-vis de votre père, une absence pesante. Il n'a pas toujours été là n'est-ce-pas ?

_ Oui, mon père a abandonné ma mère alors que j'étais toute petite. Je ne l'ai pratiquement pas connu.

_ En effet. C'est ce qui explique vos relations tumultueuses avec les hommes. Vous avez peur de vous engager. Mais vous saurez trouver quelqu'un de posé qui vous rassurera et qui vous réconciliera avec la vision que vous vous faites des hommes.

À ce moment-là, Juliette n'a aucun doute sur les facultés de ce médium. Il est très clairvoyant.

Il observe à nouveau le fond de la tasse, très attentivement. Puis, il reprend :

_ Je vois également un traumatisme... Un évènement qui a eu lieu récemment et qui a été très dur pour vous... Un évènement en rapport avec un enfant.... Je vois un hôpital... Une intervention... Une grossesse... Une grossesse interrompue... Vous avez-subi un avortement ?

_ Oui... J'ai avorté l'an dernier...

Cette période tragique est subitement remontée à la surface de ses pensées.

Elle est abasourdie par les révélations de cet inconnu. Elle a l'impression qu'il la sonde et qu'il en déchiffre ses secrets intimes.

Elle reste muette.

_ Ce fut difficile mais il faut tourner la page. Vous finirez par avoir des enfants et vous serez aussi une très bonne mère.

Il s'arrête un instant et boit une gorgée d'un verre d'eau posé sur la table, près de la tasse de café.

Juliette l'observe et attend de nouvelles révélations.

_ Pour votre mère, ne vous inquiétez pas.

Cette dernière phrase touche Juliette au plus profond d'elle.

_ Elle va s'en sortir.

La mère de Juliette est effectivement gravement malade. Juliette en est très perturbée et vit très mal cette situation d'incertitude. Elle a peur de perdre sa mère, peur de se retrouver seule, orpheline, comme si le syndrome de l'abandon menaçait l'enfant qui est en elle. L'entendre dire de la part d'un parfait inconnu la chamboule. Mais en même temps ses paroles la rassurent.

L'entretien se termine sur cette dernière déclaration.

Juliette remercie chaleureusement le médium et repart satisfaite. Il faudra qu'elle digère toutes ces informations. Cependant, elle en ressort confiante et positive.

Pourtant, le médium, un certain Pierre Mercier, n'a aucun don de voyance.

Il n'en a jamais eu.

L'homme qui était en face de Juliette n'avait rien d'un médium.

Pierre

Quelques jours plus tôt

_ Allo, Pierre Mercier ?
_ Oui.

_ Bonjour. Je vous appelle pour prendre un rendez-vous.
_ Pas de problème. Donnez-moi le jour, l'endroit et l'heure.
_ ... mardi prochain ? À 18h ? Au café des Artistes, près du métro Voltaire ?
_ Parfait. Je peux vous demander votre nom et votre date de naissance s'il vous plait ?
_ Bien sûr. Juliette Laroche. Le 10 mars 1979.
_ Merci. À mardi alors.

Pierre venait encore de se dégoter un rendez-vous. Chaque consultation lui rapporte la coquette somme de cinquante euros. Depuis qu'il s'est mis à faire le médium, ses fins de mois s'en ressentent, son confort de vie s'en trouve nettement amélioré.

Il a désormais acquis une certaine expérience et sa technique aujourd'hui est redoutable et bien rodée.

Il commence d'abord par demander le nom et la date de naissance lors du premier contact au téléphone. Si le nom est trop commun, comme Martin ou Dupont par exemple, il demande également une photo, pour préparer au mieux ses visions dit-il.

Ce qu'il fait n'a rien à voir avec la voyance. Cela relève davantage d'une enquête. Rassembler des informations sur une personne via internet et les interpréter en utilisant une pointe de psychologie. Mais il fait surtout bien attention à sélectionner sa clientèle. En général, il préfère les jeunes filles et les femmes d'un certain âge. Pour les jeunes filles parce qu'elles sont naïves et qu'il peut en fréquenter par la suite. Pour les femmes âgées, parce qu'elles sont naïves et faibles. Jamais les hommes, parce que la plupart du temps ils sont réticents, ils n'y croient pas et le font sous la contrainte, poussés par quelqu'un de leur entourage. Les femmes, plus sensibles à ces choses-là, ne posent pas trop de questions, elles se contentent d'écouter sans chercher à le mettre en difficulté.

Aujourd'hui, il doit s'occuper du cas de Juliette Laroche, née le 10 mars 1979.

Il tape son nom sur un moteur de recherche. Il obtient 682 résultats.

Le travail commence.

Juliette est présente sur de nombreux sites, c'est une bonne cliente.

Sur un site de réseau social, il accède à son profil. La date de naissance correspond. Elle a noté son employeur, elle travaille chez IBM.

Sur un autre site de réseau professionnel, il retrouve son profil. Cette fois, son emploi est détaillé. Elle est manager dans l'informatique. En fouillant, il tombe sur de nouvelles informations. Cette fois, Juliette s'est inscrite sur un site qui permet de retrouver d'anciens camarades de classe. Pour cela, il faut renseigner tous les établissements par lesquels on est passé. Pierre suit son parcours scolaire et découvre ses études, elle est diplômée en histoire de l'art. Aucun rapport avec son poste actuel mais c'est très souvent le cas dans le domaine de l'informatique qui récupère tous ceux qui n'ont pas pu trouver d'emploi correspondant à leurs qualifications à la fin de leurs études.

Le cv de Juliette est également visible sur des sites de recrutement en ligne. Elle cherche à changer de travail.

Bon, tout d'abord, ses études en histoire de l'art. On fait rarement ces études par dépit comme cela peut être le cas des premières années en droit ou en psychologie. Ni par manque d'inspiration comme les écoles d'ingénieurs ou les écoles de commerce dont les domaines d'études sont suffisamment larges pour pouvoir exercer de nombreuses fonctions différentes à la sortie. Non. Des études en histoire de l'art sont des études voulues, choisies consciencieusement par goût pour l'art. Elle est donc passionnée d'art.

Puis, son poste actuel. Son domaine d'activité est complètement à l'opposé de sa formation. Ce qui peut expliquer au bout d'un certain temps une sorte de démotivation, comme une crise professionnelle. Dans la trentaine, on constate effectivement chez beaucoup de personnes, une remise en question de son avenir professionnel. C'est l'âge où on se pose des questions, où on regarde derrière pour mieux voir devant. Et Juliette ne doit sûrement pas y échapper.

Enfin, si elle est sur des sites de recrutement, c'est qu'elle cherche bien à changer de travail. Cela va dans le sens de ses interrogations actuelles et cela confirme ce que Pierre a déjà déduit de la situation : elle n'est pas satisfaite de son travail, elle se pose des questions et elle serait bien mieux dans l'art, sa première passion.

Pierre en vient à la situation amoureuse de Juliette. Sur un site de réseau social, il lit son statut : célibataire. Il regarde dans l'historique de ses activités. Il se focalise sur le statut amoureux. Apparemment, Juliette a changé régulièrement de statut en passant de « célibataire » à « en couple » et inversement.

Réfléchissons. Deux explications à cela : soit elle est nymphomane et elle multiplie les conquêtes, soit elle n'arrive pas à se poser et cherche désespérément le bon candidat. Pierre opte plutôt pour la deuxième possibilité, plus probable, car quand on est une fille, même nymphomane, on affiche rarement ses changements relationnels récurrents.

Juliette espère donc trouver un homme qui lui conviendra, et c'est ce qui va très certainement arriver. Tôt ou tard, et dans la grande majorité des cas, chacun parvient à se mettre en ménage et à fonder une famille. Juliette n'est pas une femme repoussante, d'après les photos de ces profils, et elle finira indubitablement par trouver quelqu'un. Cela va de soi. Pour ce qui est des enfants, elle en aura, probablement. En France, la moyenne étant d'un peu plus de deux enfants par femme, Pierre lui en prédira également deux. Il ne prend pas de risque et ne cherche qu'à rassurer avec un message qui pourrait être : « ne vous inquiétez pas, il n'y a aucune raison que vous ne soyez pas comme tout le monde ».

Voyons à présent sa situation familiale. Pierre consulte les photos personnelles de Juliette laissées à disposition sur son profil. Tiens, il y a justement un dossier de photos nommé « Famille ». 42 photos dans le dossier. Des images de grandes tablées, de pique-nique, Juliette avec des enfants dans un jardin, Juliette et un homme ou un couple ou une femme devant des monuments ou face à des paysages, Juliette à la plage. Juliette y est toujours souriante. Il y aussi plusieurs photos de Juliette avec une femme dont elle a l'air très proche. Sur une de ces photos, il y a une légende « Avec ma petite maman sur la croisette ». Cette femme est donc sa mère. Elles semblent être complices et l'épithète « petite » souligne bien l'affection que Juliette a pour sa mère. Les photos sont toutes prises dans des décors différents ce qui laissent à penser qu'elles voyagent parfois ensemble. Pierre remarque qu'il n'y a jamais de présence masculine à leurs côtés. Juliette n'a-t-elle pas de père ? Ses parents sont-ils divorcés ou a-t-elle perdu son père ? Ce qui est sûr, c'est qu'il n'est pas vraiment présent dans sa vie. Voilà, une information intéressante. Un manque paternel peut effectivement engendrer des relations de couple difficiles.

Pierre poursuit ses investigations.
Plusieurs résultats de la recherche initiale sur le nom de « Juliette Laroche » indiquent des pages issues d'un blog. C'est son blog. Bingo ! Le blog, c'est la meilleure

L'éclaireur

vitrine pour s'afficher sur la toile. On y parle de sa vie personnelle, de futilités ou de choses qui nous tiennent à cœur. Un bon moyen de s'immiscer dans l'intimité de quelqu'un.

Dans son blog, Juliette ne parle pas vraiment d'elle. Elle s'exprime sur différentes manifestations artistiques locales en consacrant un court article à chacun. Pas grand intérêt finalement. Par contre, cela prouve que Juliette est réellement attachée à la culture et qu'elle garde une relation étroite avec le monde de l'art.

Les autres résultats n'apportent guère d'informations et ne sont d'aucune utilité. La plupart coïncident avec des personnes portant le même nom. D'où l'utilité de la date de naissance qui permet de cibler la bonne personne.

Une nouvelle recherche avec l'adresse de son blog ramènent de nouveaux résultats. Des liens sur des pages de son propre blog, bien entendu, mais aussi vers un site marchand. En effet, lorsqu'on souhaite acheter sur un site internet, il faut obligatoirement s'inscrire. L'inscription enregistre certaines informations comme le nom, le prénom, la date de naissance, l'adresse mail et propose parfois d'enregistrer également l'adresse d'un site personnel ou d'un blog. Une chance pour Pierre, Juliette avait indiqué l'adresse de son blog sur un de ces sites marchands. Pierre a alors accès au profil d'acheteur de Juliette, enregistré sous le pseudonyme juliette278, et peut ainsi consulter tous les achats effectués par Juliette sur le site. Dans la liste, des livres, beaucoup de romans, des romans d'amour pour la plupart, des CD, de la musique d'ambiance avec des compilations, un peu de variété française ou du rock britannique, des écouteurs mp3, elle doit probablement écouter régulièrement la musique, peut-être prend-elle le métro avec de la musique dans les oreilles et de la lecture entre les mains, des DVD aussi, des comédies romantiques, des drames, pas de blockbuster, Juliette ne doit pas y être sensible, logique quand on est amateur d'art.

Un achat attire l'attention de Pierre, un livre, « Guérir d'un traumatisme post-avortement », 128 pages, 12,90 euros, acheté il y a un peu plus d'un an. Etrange. En lisant le descriptif, le livre semble être dédié aux femmes ayant subi récemment un avortement afin de les aider à retrouver le chemin de l'espérance et la voie de la guérison pour effacer leurs blessures intérieures et souvent secrètes. Juliette peut l'avoir acheté pour quelqu'un de son entourage mais c'est peu probable. Ce livre est trop personnel, trop intime. L'avortement est une douleur que l'on garde en profondeur et qu'on ne partage que très rarement. Le livre était forcément pour elle. Associés au livre, des commentaires. Son pseudonyme juliette278 en a déposé un :

« Livre magnifique qui m'a aidé personnellement à sortir de ma torpeur, du traumatisme émotionnel que l'avortement a déclenché chez moi. Je le recommande vivement à toutes les femmes qui ont vécu la même chose ».

Cela ne fait désormais plus aucun doute, Juliette a survécu péniblement à l'épreuve d'un avortement.

Pierre a pour l'instant collecté de précieuses informations qu'il pourra utiliser à bon escient mais cela ne suffit pas.

Il revient sur les sites de réseaux sociaux. Il cherche à connaitre un peu mieux Juliette au travers de ses relations, ses amis. Elle a énormément de contacts et de nombreux échanges sont visibles sur sa page personnelle. Juliette est plutôt sociale et appréciée de son entourage. Ses achats révèlent également qu'elle aurait certaines inclinations pour le romantisme, piquée par les émotions amoureuses et se laissant aisément transportée par les délicatesses du cœur. En apparence, elle semble bien dans sa peau.

Ce que recherche Pierre c'est essayer de percevoir une

L'éclaireur

personne, de la cerner, de tenter de la comprendre, par l'analyse de tout un tas de renseignements à disposition. Pas seulement en surface ou dans son ensemble, mais plus en profondeur. Gratter la couche superficielle d'informations pour atteindre les couches plus discrètes, inaccessibles à première vue.

Chacun vit avec son propre fardeau. Alors quel est celui de Juliette ? L'absence d'un père, l'insatisfaction professionnelle, la frustration amoureuse, le traumatisme d'un avortement. C'est déjà pas mal. Mais est-ce-que cela justifie la rencontre avec un médium ? Ces plaies sont ancrées en elle et le sont depuis un certain temps. Alors pourquoi demander à le voir maintenant ? Il y a peut-être autre chose, un évènement plus récent.

Pierre se replonge dans ses recherches.

Bingo !

Un article d'un journal local sur une réunion d'information concernant le cancer du sein et son dépistage. Le nom de Juliette Laroche est cité, associé à une phrase qu'elle aurait prononcée au journaliste. Mais est-ce-bien la même Juliette Laroche ? Comment en être certain ?

Nouvelle recherche. Avec son nom « Juliette Laroche » et les termes « cancer du sein ».

Rien, à part ce même article.

Avec « juliette » et « cancer du sein ».

Des millions de résultats.

Pierre cible les résultats sur les forums, sur la période des six derniers mois.

Quelques résultats.

Il passe en revue tous les forums et finit par tomber sur le commentaire d'une juliette1979 dont le profil a une date de naissance au 13 mars 1979. C'est elle. C'est un sujet sur les soins liés au cancer du sein. Juliette pose des questions aux utilisateurs du forum. Elle cherche à recueillir des informations sur les meilleurs hôpitaux, les

meilleurs médecins pour soigner un cancer du sein. Elle dit que c'est sa mère qui en est atteint.
Voilà ce que Pierre cherchait.
Juliette est actuellement très inquiète pour sa mère malade. Elle doit avoir du mal à le vivre, à envisager une issue positive. D'autant plus qu'elle est proche de sa mère. Voilà ce qui explique pourquoi elle demande à voir un médium. À ce sujet, Pierre doit pouvoir la rassurer.
De nos jours, on constate une augmentation drastique du taux de guérison du cancer du sein. Très peu de femmes y succombent. Par conséquent, Pierre peut se permettre d'affirmer que tout ira bien pour sa mère. Et c'est bien ce que Juliette attend.

Pierre n'est pas médium mais il prend son rôle très au sérieux. Il n'a pas de faculté divinatoire, ni de clairvoyance particulière. Pourtant, il voit dans sa démarche, une aide d'utilité publique. Après tout, il ne fait que dire ce que la personne sait déjà et ce qu'elle a besoin d'entendre. Il rassure, il redonne confiance, espoir et foi en l'avenir. Ses interlocuteurs sont la plupart du temps dans une période difficile de leur vie, dans une impasse. Il ne fait que les aider à passer ce cap, en les confrontant à leurs propres démons et en les poussant à voir la lumière derrière l'obscurité.

Pierre n'est pas médium. Ce n'est qu'un éclaireur qui repousse les idées noires et met l'espoir en lumière.

Secrets

_ Et faites attention monsieur Landin.
_ Merci monsieur l'agent.
Jacques Landin récupéra sa carte grise que lui tendait le policier indulgent. Il venait d'échapper à une amende pour avoir grillé un feu rouge. Ayant pris connaissance de l'ampleur de son geste, il se montra tout aussi reconnaissant envers son destin, cette aubaine hasardeuse qui l'avait protégé de la pire situation, l'éventualité d'un accident.
Ces derniers jours, Jacques Landin n'était pas vraiment dans son assiette. Il venait de perdre ses parents.
Accablé de chagrin, il avait des absences passagères, comme s'il laissait partir sa conscience voyager dans ses souvenirs. Parfois, il oubliait ce qu'il était en train de faire. Certains articles sur sa liste de course restaient dans les rayons, des plats étaient laissés à l'abandon sur le feu, sa porte d'entrée demeurait même ouverte certaines nuits avec les clés encore dans la serrure. L'avènement soudain de ce triste événement l'avait frappé d'un grand coup de massue dont il sentait encore les effets chancelants du choc. Son esprit titubait entre les images que lui renvoyaient sa mémoire et le vide que creusait son présent.
L'enterrement avait eu lieu une semaine plus tôt et pourtant les plaies, toujours à vif, restaient grandes ouvertes. L'inscription « Catherine et Bernard Landin »

gravée dans la pierre tombale piquait ses réflexions d'une peine sporadique comme une douleur lancinante.

Enfant unique, il fallait maintenant qu'il s'occupe seul de la maison familiale. La vider dans un premier temps, trier ce qu'il y avait à trier, conserver tout ce dont il ne pouvait pas se séparer et tout ce qui pouvait lui être utile, et jeter tout le reste. Puis la vendre dans un deuxième temps, après l'avoir un peu rafraichie. Il ne souhaitait pas en faire sa maison secondaire car l'environnement était bien trop calme à son goût et y revenir serait bien trop douloureux.

Arrivé devant la porte d'entrée, il hésita un instant avant de pénétrer dans la maison. La dernière fois qu'il était entré, ses parents étaient encore vivants. Il craignait l'appréhension de retrouver les lieux vides, sans vie, sans animation, inhabités. Rien que les murs nostalgiques imprégnés des traces d'une époque révolue.

À l'intérieur, une odeur, celle qu'exhale une pièce qui a été longtemps fermée, renforçait le sentiment d'absence. Ses parents n'étaient plus là. Il fallait faire face.

Il replongeait dans son enfance et revoyait des scènes dans chacune des pièces. Il se repassait le film des meilleurs moments passés dans cette demeure où il avait été très heureux, ce dont il prenait conscience à cet instant. Tout allait être différent désormais. Rien ne serait plus comme avant. Même ses pas dans l'escalier n'avaient plus la même résonnance. Ils étaient lourds et lestés d'une mélancolie que son corps tout entier avait absorbée.

Dans le grenier, il retrouva le désordre qu'il avait toujours connu. Des meubles démontés, des jeux d'enfants aux couleurs fades, de vieux vêtements démodés, des caisses de bibelots oubliés. Et des cartons d'albums photos. Des photos de famille dans des albums poussiéreux, presque jamais consultés mais dont on sait qu'ils sont à disposition.

L'occasion de revoir ces photos s'imposait à lui. Il ouvrit un carton et en sortit quelques albums qu'il feuilleta. Jacques avait l'impression de pouvoir combler le manque de ses parents par la redécouverte de vieilles photographies au travers desquelles ils reprenaient vie dans ses pensées. Les souvenirs ressurgirent et venaient alimenter les zones sensibles de son cerveau. Jacques assistait à la résurrection éphémère des émotions passées qui chassait sa tristesse rémanente lors de brefs instants.

Il passa près d'une heure, assis sur le plancher, nostalgique. De retour vers l'enfant qu'il était. Mais cette fois, il était seul, abandonné. Au milieu de cette pièce, les larmes perlaient au coin de ses yeux, roulaient sur ses joues et venaient s'écraser sur le sol dans une auréole lavée de sa poussière.

En brimbalant les cartons et les caisses qu'il ouvrait, inspectait ou refermait aussitôt, replaçait ailleurs dans un tri méthodique, Jacques découvrit une planche branlante sur le mur de lambris, presque au niveau du sol, dans un coin du grenier.

Intrigué, il retira la planche.

Derrière, un renfoncement obscur.

Il retira également la planche d'à côté pour mieux apercevoir ce que cachait cette alcôve.

Il balaya sa main à l'intérieur et toucha du bout des doigts une surface métallique.

Il y avait quelque chose dans le fond.

Jacques enfouit son bras et tira une caisse en fer qu'il ramena à la lumière en la faisant glisser sur le sol.

Jamais il n'avait vu cette caisse auparavant. Que pouvait-elle contenir ?

À la vue de l'épaisse couche de poussière qui la recouvrait, la caisse semblait avoir traversé les âges et avait résisté tant bien que mal à l'usure du temps.

Il souleva le couvercle.

Des cahiers, des livres, des petites boites. Pas grand

intérêt à première vue. Pourquoi avoir dissimulé de telles choses, si insignifiantes en apparence ?

Jacques s'empara d'un des cahiers.

C'était un cahier d'école, rempli d'écritures enfantines. Probablement un de ses vieux cahiers. Mais pourquoi les cacher ? On a souvent du mal à se débarrasser de ses souvenirs d'école, pour les parents comme pour les enfants devenus adultes. Alors on les entasse et on les garde précieusement en se disant qu'un jour on les montrera à ses propres enfants. Mais quelle était l'utilité de stocker ces cahiers à l'abri des regards ?

Il se saisit au hasard d'un autre cahier et fit le même constat.

Il tourna les pages et tomba sur la première page.

Sa découverte le stupéfia.

Il relut le nom du propriétaire du cahier : « Michel Landin ».

Qui était ce Michel Landin ? Personne dans sa famille ne portait ce prénom ?

Jacques attrapa frénétiquement les autres cahiers.

Il était abasourdi.

Tous les cahiers appartenaient manifestement à une seule et même personne : Michel Landin. Un parfait inconnu avec son nom de famille.

Il ne comprenait pas. Qui était-il et que faisaient ses cahiers ici ? Il était forcément de la même famille, sinon cela n'avait pas de sens. Mais Jacques n'avait aucun souvenir d'un certain Michel dans ses proches.

Sous les cahiers, il y avait également des livres. Des livres d'école, sans importance. Des photos s'en échappèrent.

Sur les photos, Jacques vit ses parents accompagnés d'un petit garçon. Ils avaient l'air heureux. Mais ce garçon n'était pas lui. Il devait probablement être le Michel des cahiers. Jacques ne l'avait jamais vu.

Il retourna la photo et regarda sur l'envers. Il vit une

inscription : 8 avril 1976.

La photo datait de plus de trois ans avant sa naissance.

Il fouilla la caisse et trouva dans les boites des effets personnels ayant appartenu à un jeune enfant, comme de petits jouets, des vêtements, des dessins.

Jacques venait de mettre à jour un véritable musée, celui de Michel Landin et il n'avait aucune idée de qui pouvait être ce Michel Landin. Un frisson d'horreur et d'incompréhension parcourut son corps. Incapable de la moindre explication, la confusion l'envahit. Progressivement, puis violemment. Il laissa place à la contrariété. Comment expliquer tout cela ? Et qu'est devenu Michel Landin ? Et pourquoi ses parents ne lui avaient-ils jamais parlé de Michel ?

Jacques devait trouver des réponses. Et vite.

Il prit la route jusqu'à la mairie. Une fois sur les lieux, il demanda à consulter le registre d'état civil. Il accéda ainsi aux informations de Michel Landin. Sur son acte de naissance, Michel Landin était né le 13 mars 1970.

Et là, Jacques reçut une décharge électrique.

Les parents de Michel Landin s'appelaient Catherine et Bernard Landin. Michel était donc son frère. Son grand frère.

Jacques manqua de défaillir.

Pourquoi n'avait-il pas été au courant de l'existence de son frère ? Cela ne tenait pas debout. Comment ses parents avaient-ils pu lui cacher pendant toutes ses années ?

Nouvelle surprise.

Il existait également un autre document au nom de Michel Landin : un acte de décès. Michel était mort en 1977, à l'âge de sept ans, deux ans avant sa naissance. Voilà ce qui expliquait qu'il ne l'ait jamais connu.

Mais pourquoi n'avait-il pas été mis au courant ?

Jacques imaginait la douleur qu'avaient pu ressentir ses

parents. L'immense peine provoquée par la perte d'un enfant devait être horrible. La chair de leur chair, ce à quoi ils tenaient le plus, voir disparaitre subitement leur garçon alors qu'il était encore très jeune. La situation était terriblement injuste. Et c'était arrivé à ses parents sans qu'il ne s'en rende compte.

Il venait de perdre ses parents mais il venait également de perdre un frère.

L'ombre d'un grand-frère plana au-dessus de lui, insaisissable comme une alternative irréelle de sa propre existence, et disparut aussitôt dans les limbes de l'imaginaire.

Catherine et Bernard Landin avait effectivement eu un premier fils, Michel. Il l'avait aimé au-dessus de tout ce qu'ils pouvaient imaginer et Michel les rendaient extrêmement fiers. Alors quand l'accident survint, quand leur fils adoré succomba à ses blessures, Catherine et Bernard furent inconsolables. Leur vie avait été dévastée, soufflée par le vent funeste de la disparition de leur fils. Ils crurent ne jamais s'en remettre. Mais ils finirent par affronter la situation, par se décider à se relever de cette épreuve et aller de l'avant. Ils prirent certaines affaires de Michel auxquelles ils tenaient et les enfermèrent dans une caisse cachée dans un coin du grenier. C'était pour eux une façon symbolique de conjurer le sort et de les aider à en faire de même : ne garder que les meilleurs souvenirs de Michel et les enfermer dans une caisse étanche enfouie dans un coin de leur mémoire où rien ne s'en échapperait. Ils avaient choisi d'occulter totalement de leur esprit cette période de leur vie. Et de ne plus en parler, à personne. Pas même à leur fils Jacques qu'ils avaient eu plus tard et qui avait grandement contribué à l'amélioration de leur état mental. Catherine et Bernard avait fini par oublier Michel en se protégeant de son souvenir.

Secrets

Jacques savait que dans beaucoup de familles il existait des non-dits, des faits inavoués, des secrets. Des choses cachés volontairement dans le but de protéger ou de se protéger.

Il avait désormais découvert le terrible secret qui avait bouleversé la paisible existence de ses parents et les avaient probablement hanté tout le reste de leur vie.

Mais Jacques continuait pourtant d'ignorer cet autre secret, celui de sa propre existence, celui de ses racines et de son histoire personnelle. Un secret bien gardé qui restera à jamais enfoui six pieds sous terre.

Car, en réalité, ses parents Catherine et Bernard, n'étaient pas ses parents biologiques.

Du même auteur :

• *Brouillon(s) de vie(s)*, Poésie,
ISBN 978-2-304-02024-3, éditions Le Manuscrit ©2008

• *Mots d'esprits*, Poésie,
ISBN 978-2-810-60428-9, éditions BOD ©2010

• *La Maison-Dieu*, Roman,
ISBN 978-2-810-61542-1, éditions BOD ©2010

• *Au-delà des lettres*, Roman,
ISBN 978-2-810-61970-2, éditions BOD ©2010

Site internet de l'auteur : **www.damienkheres.com**